# Der EdelstEinblick

## „Der erste Blick - Das Geschenk"

**Band 1**

**Sylvia Geiselhart**

DER
EDELSTEINBLICK®

# Der EdelstEinblick

## „Der erste Blick - Das Geschenk"

### Band 1

**Sylvia Geiselhart**

# Copyright-Seite (Impressum)

Bibliografische Information der Deutschen Nationalbibliothek:
Die Deutsche Nationalbibliothek verzeichnet diese Publikation in
der Deutschen Nationalbibliografie; detaillierte bibliografische
Daten sind im Internet über dnb.dnb.de abrufbar.

Verlag: BoD · Books on Demand GmbH, Überseering 33,
22297 Hamburg, bod@bod.de

Druck: Libri Plureos GmbH, Friedensallee 273, 22763 Hamburg

ISBN: 978-3-7597-8622-7

**folge mir gerne für mehr:** https://linktr.ee/Edelsteinblick

## Widmung und Danksagung

Dieses Buch ist meinem Bruder Tobias, seiner lieben Ehefrau Alexandra und meinen drei wunderbaren Nichten Amadea, Davia und Livana gewidmet. Auch wenn wir uns nicht oft sehen, seid ihr für mich wie strahlende Facetten eines kostbaren Edelsteins – jede von euch einzigartig und voller Leben.

Besonders widme ich dieses Buch unseren Eltern, die uns immer wieder zeigen, wie wichtig es ist, die Welt aufmerksam und mit offenem Blick zu betrachten. Durch ihren Glauben, ihre Weisheit und ihre Liebe haben sie uns Mut geschenkt, die Welt in all ihren Facetten zu sehen und unsere eigene Wahrheit darin zu finden.

### Mein besonderer Dank geht an:

René Zapletal und Jürgen Dankoweit, die mir beim Formatieren dieses Buches geholfen haben. Ohne euch hätte es noch eine ganze Menge an Geduld gekostet. Und natürlich Avi! Vielen lieben Dank für deine wertvollen Tipps und Hilfestellungen.

Ohne eure Hilfe wäre dieses Buch halb so schön geworden.

Nur gemeinsam ist man stärker!

Dankeschön.

.

*Du dachtest, du öffnest ein Buch.*
*Vielleicht hat das Buch längst dich geöffnet.*

*Was du auf dem Rücken gelesen hast, war eine Frage.*

*Was du hier findest, ist keine Antwort.*

*Es ist ein Anfang.*

# Inhaltsverzeichnis

## Vorwort

Hast du dich jemals gefragt, wie es wäre, die Welt mit völlig neuen Augen zu sehen – als ob du hinter die Oberfläche blicken könntest, direkt in ihre verborgenen Geheimnisse? Dieses Buch nimmt dich mit auf eine Reise, die mehr ist als ein einfaches Abenteuer. Es führt dich in eine Welt, die gleichzeitig magisch und tiefgründig ist, eine Welt, die so nah und doch so fern scheint: **Chrysopasia**, ein Ort zwischen Traum und Wirklichkeit.

Sylvia und Tobias, zwei Geschwister, treten auf dieser Reise eine Herausforderung an, die nicht nur ihren Mut, sondern auch ihre Wahrnehmung auf die Probe stellt. Der Kristallwald ist nicht einfach nur ein mystischer Ort – er ist ein Spiegel der Seele. Die Wege des Waldes sind verschlungen und seine Prüfungen fordern dazu auf, das eigene Ich zu hinterfragen. Seine Geheimnisse enthüllen sich nur für diejenigen, die bereit sind, ihr Herz und ihren Geist zu öffnen.

Im Zentrum dieser Reise steht der „**EdelstEinblick**", eine besondere Fähigkeit, die die Geschwister entdecken müssen. Es ist der Blick, der nicht nur die äußere Welt in neuem Licht zeigt, sondern auch die verborgenen Facetten in uns selbst. Dieser Blick ist der Schlüssel zu den Pfaden, die nur sichtbar werden, wenn wir den Mut haben, uns unseren Träumen, Ängsten und Sehnsüchten zu stellen.

Doch dies ist keine einfache Geschichte. Der Weg führt nicht nur durch funkelnde Wälder und schimmernde Höhlen, sondern auch durch die Schattenseiten des Lebens – durch Zweifel, Unsicherheiten und die Herausforderung, in Momenten der Dunkelheit das eigene Licht zu finden. Dabei stehen Sylvia und

Tobias nicht allein: magische Wesen wie Tempus, der Hüter der Zeit, und Airi, die Verkörperung des Waldes, begleiten sie. Doch diese Figuren sind mehr als nur Fabelwesen – sie sind Symbole für die Kräfte, die in jedem von uns ruhen.

Dieses Buch ist eine Einladung, nicht nur den Chysopasia zu betreten, sondern auch die verborgenen Pfade in dir selbst zu entdecken. Es ist eine Geschichte für diejenigen, die bereit sind, die Welt mit neuen Augen zu sehen – mit einem Blick, der sowohl das Magische als auch das Tiefgründige umfasst.

Mach dich bereit, den „**EdelstEinblick**" zu erfahren. Die Reise beginnt genau dort, wo du sie am wenigsten erwartest: in dir selbst.

## Prolog

## Das Flüstern der Grenzen

Manchmal spricht die Welt zu uns. Nicht mit Worten, nicht mit Stimmen – es ist ein Hauch, ein Schimmer, ein Wispern, das sich durch die Stille windet. Ein Klang, der nicht gehört, sondern gespürt wird. Wie das leise Rauschen von Blättern im Wind, wie das Funkeln der Sterne, das Geschichten erzählt, die nur die Träumer verstehen. Viele hören es nie – die Gefangenen des Alltäglichen, die Verlorenen im Lärm der Realität. Doch dann gibt es jene, die lauschen. Die Mutigen, die Suchenden, die, die den Schleier zwischen den Welten zu lüften wagen. Für sie ist das Flüstern eine Einladung.

Der Wald war so ein Flüstern.

Er war mehr als nur eine Ansammlung von Bäumen, mehr als ein Stück Natur. Seine Äste wuchsen nicht einfach in den Himmel, sie schienen nach Sternen zu greifen. Das Laub bewegte sich nicht nur mit dem Wind, sondern in einem Tanz, einem uralten, kaum wahrnehmbaren Rhythmus. Die Luft selbst schien hier lebendig und summte wie eine unsichtbare Melodie, die nur jene hören konnten, die bereit waren, ihr Herz zu öffnen.

Es war ein Ort voller Mysterien, wo die Grenzen zwischen dem Sichtbaren und dem Unsichtbaren verschwammen. Und genau hier begann die Geschichte von Sylvia und Tobias – mit einem Schritt.

Ein einziger Schritt über eine unsichtbare Schwelle, die das Gewöhnliche vom Außergewöhnlichen trennte. Sie hatten nicht nach diesem Ort gesucht, und doch hatte er sie gefunden. Denn so ist es mit dem Unerklärlichen: Es kommt zu uns, wenn wir am wenigsten damit rechnen, und fordert uns heraus, hinzusehen.

Der erste Schritt war leicht, fast unbewusst. Doch mit jedem weiteren Schritt spürten sie es deutlicher: Eine Veränderung lag in der Luft. Der Wald war nicht einfach ein Wald – er war ein Gefühl, eine Einladung, ein Ruf.

„Spürst du das?" Tobias' Stimme war ein leises Flüstern, beinahe ein Echo des Waldes selbst.

Sylvia blieb stehen, ihr Blick in die Tiefe der Bäume gerichtet, die wie stumme Wächter vor ihnen aufragten. „Ja," sagte sie schließlich, ihre Stimme kaum hörbar, „es fühlt sich … lebendig an. Anders. Als ob es uns ruft."

Der Wald rief tatsächlich. Nicht mit Worten, sondern mit einer Stille, die lauter war als jedes Geräusch. Eine Stille, die die beiden Geschwister immer tiefer zog, Schritt für Schritt, bis sie nicht mehr zurückblickten.

Unwissentlich hatten sie eine Grenze überschritten – eine, die nicht auf Landkarten verzeichnet war. Die Schwelle zu einer Welt, die nicht nur aus Licht und Schatten bestand, sondern aus Magie, Wahrheit und Geheimnissen, die älter waren als der Himmel über ihnen.

Was sie dort fanden, war weit mehr, als sie je erwartet hätten. Und es begann mit einem einzigen Blick.

## Kapitel 1: Der Ruf des Waldes

Sylvia und Tobias hatten sich für ein langes Wochenende entschlossen, ihre Eltern zu besuchen. Das alte Haus, in dem sie aufgewachsen waren, stand am Rande eines Dorfes, direkt an einem Wald. Das Elternhaus hatte einen großen gepflegten Garten, der wie ein schützender Mantel das Haus umgab. Ihr Zuhause war ein Ort voller Erinnerungen, die in jeder Ecke des großen Gartens verborgen lagen – einem Garten, der für die Geschwister einst eine ganze Welt gewesen war.

Sylvia, mit ihren langen, lockigen braunen Haaren und den warmen braunen Augen, hatte schon immer eine besondere Verbindung zur Natur. Sie liebte es, in den Wäldern zu spazieren, und diese Liebe zeigte sich auch in ihrem Stil – sportlich-elegant, aber mit einem Hauch von Verspieltheit. Ihre abgewetzte Jeans, schwarze Chucks und ein Oberteil mit filigranen Mustern spiegelten ihre Persönlichkeit wider. Eine kleine Umhängetasche, in der sie stets ihre wichtigsten Dinge verstaute, baumelte wie gewohnt an ihrer Seite.

Tobias, vier Jahre jünger als seine Schwester, war in vielem ihr Gegenteil. Obwohl auch er braune Haare hatte, die unordentlich über seine Stirn fielen, und ebenfalls braune Augen, hatte er eine zurückhaltende, aber entschlossene Art. Sein Stil war schlicht und cool: eine bequeme Jeans, weiße Sneakers und ein sportliches Shirt, das zu seinem Lächeln als junger Mann passte.

Das Wochenende zu Hause fühlte sich für die beiden wie eine kleine Reise in die Vergangenheit an. Das Lachen ihrer Eltern, der vertraute Duft des Hauses und die Wärme des Gartens – all das ließ die Zeit fast stillstehen.

Es war ein ruhiger Nachmittag, als sie beschlossen, einen Spaziergang im Garten zu machen. Die Sonne warf lange Schatten, und die kühle Luft duftete nach feuchtem Moos und den alten Eichen, die den Garten säumten. Der Wald dahinter war ihnen seit ihrer Kindheit vertraut, und doch schien er heute anders – als ob er auf sie wartete.

„Erinnerst du dich, wie wir hier als Kinder gespielt haben?" fragte Tobias, während er die Hand über das weiche Gras gleiten ließ.

Sylvia lächelte. „Natürlich. Und wie wir uns immer Geschichten ausgedacht haben, dass der Wald voller Geheimnisse steckt."

„Vielleicht ist er das ja wirklich," sagte Tobias leise, und seine Worte schienen in der kühlen Luft zu verhallen.

Manchmal fühlt sich die Welt an, als hätte sie innegehalten – als würde sie den Atem anhalten und lauschen. Genau so wirkte der Wald an diesem Tag, als Tobias und Sylvia ihn betraten. Der Pfad, der zwischen den alten Eichen entlangführte, schien tiefer und fremdartiger als je zuvor. Die Äste der Bäume, die sich wie ein geflochtenes Dach über ihnen spannten, ließen das Sonnenlicht nur in schmalen Strahlen durch, die den Waldboden in flimmernde Muster tauchten.

„Es ist anders heute," sagte Tobias nachdenklich, seine Stimme gedämpft, als wollte er die Stille nicht brechen.

Sylvia nickte, ihre Augen glitten über die schimmernden Blätter, die wie poliertes Silber in der sanften Brise zitterten. „Still … aber nicht leer. Es ist fast so, als ob er auf uns wartet."

Ihre Worte ließen Tobias innehalten. Er spürte es auch. Ein leises Kribbeln in der Luft, das sich anfühlte wie der Beginn einer Melodie, die man noch nicht ganz greifen kann.

Der Wald schien mit jedem Schritt lebendiger zu werden. Die Farben wurden intensiver, die Schatten tiefer. Das Rauschen der Blätter klang wie eine Stimme, die flüsterte – nicht bedrohlich, sondern einladend, wie eine Erinnerung, die sich nur halb zu erkennen gibt.

„Hörst du das?" fragte Tobias plötzlich, seine Schritte verharrten auf dem weichen, moosigen Boden.

Sylvia legte den Kopf schief und lauschte. Da war tatsächlich etwas – kein gewöhnliches Geräusch, sondern ein Summen, das sich in den Wind mischte, ein Klang, der mehr zu fühlen als zu hören war. „Es klingt wie … ein Lied," flüsterte sie schließlich.

Tobias nickte, seine Augen glänzten vor Neugier. „Ich frage mich, woher es kommt."

Sie gingen weiter, tiefer in den Wald hinein. Die Bäume schienen enger zusammenzurücken, als würden sie ein Geheimnis verbergen. Das Licht veränderte sich, wurde sanfter, fast ätherisch, und der Duft von Moos und feuchter Erde schien schwerer zu werden, als ob der Wald selbst atmete.

„Wir sollten umkehren," sagte Tobias plötzlich, seine Stimme war unsicher, fast zaghaft.

„Warum?" fragte Sylvia, ihr Ton war entschlossen. „Wir sind schon so weit gegangen. Außerdem … fühlst du das nicht? Es ist, als ob uns der Wald ruft."

Tobias sah sie skeptisch an, doch ihre Worte hatten etwas an sich – eine Überzeugung, die er nicht ignorieren konnte. Also folgte er ihr, Schritt für Schritt, während das Flüstern um sie herum deutlicher wurde.

Plötzlich öffnete sich der dichte Wald zu einer Lichtung, und vor ihnen stand ein Baum, wie sie ihn noch nie gesehen hatten. Sein Stamm war massiv von Ranken umwunden, die in einem leichten Silber schimmerten. Die Äste reichten weit in den Himmel, als würden sie die Sterne am Firmament selbst berühren wollen.

„Da ist er," sagte Sylvia leise, ihre Stimme klang ehrfürchtig.

Tobias trat neben sie, sein Blick wanderte über den Baum, der so viel mehr zu sein schien als nur ein Baum. Die Rinde pulsierte leicht, als ob sie lebendig wäre, und die Lichtpunkte, die zwischen den Ästen tanzten, wirkten wie winzige Sterne.

„Es ist, als ob er uns ansieht," sagte Sylvia nach einer Weile.

„Vielleicht sind wir hier nicht willkommen," murmelte Tobias, seine Stimme war kaum mehr als ein Flüstern.

Doch Sylvia lächelte. „Oder vielleicht sind wir genau da, wo wir sein sollen."

Sie trat näher, ihre Finger glitten vorsichtig über die raue Oberfläche der Rinde. Der Baum fühlte sich warm an, lebendig, als ob eine Kraft durch ihn strömte. Tobias folgte ihr zögerlich, ein seltsames Gefühl breitete sich in seiner Brust aus – eine Mischung aus Ehrfurcht und Unsicherheit.

„Was glaubst du, wartet hier auf uns?" fragte er schließlich.

Sylvia sah ihn an, ihre Augen leuchteten im sanften Licht des Baumes. „Ich weiß es nicht," sagte sie, „aber ich habe das Gefühl, dass wir es bald herausfinden."

Und dann, ohne Vorwarnung, erlosch das Summen. Der Wald wurde still, so still, dass Tobias seinen eigenen Herzschlag hören konnte. Doch anstelle von Angst spürte er etwas Anderes – eine leise, unbestimmte Freude, wie der Beginn eines Abenteuers, das sich langsam entfaltete.

Sie standen gemeinsam vor dem Baum, beide ahnten, dass dieser Moment mehr war als nur eine Begegnung. Es war der Beginn von etwas Größerem, einer Reise, die ihre Welt für immer verändern würde.

## Kapitel 2: Das Flüstern im Wind

Die Lichtung lag still unter dem breiten Dach des alten Baumes. Seine Äste ragten weit in den Himmel und schienen die Welt überblicken zu können, wie ein Wächter, der über die Geheimnisse des Waldes wachte. Tobias und Sylvia standen regungslos da, gefangen zwischen Staunen und einer seltsamen Unruhe. Der Baum wirkte, als gehöre er nicht ganz in ihre Welt, als hätte er Wurzeln, die tief in etwas Uraltes reichten.

„Sylvia," begann Tobias leise, „wir sollten vielleicht zurückgehen. Es ist schon später Nachmittag und ich weiß nicht, ob wir später, wenn es dann dunkel wird, den Weg zurückfinden."

Sylvia antwortete nicht sofort. Ihre Augen waren auf den Stamm des Baumes gerichtet, der im schwindenden Licht des Tages einen silbrigen Schimmer zeigte. „Tobias," flüsterte sie, „siehst du das?"

Er trat näher, und sein Blick fiel auf eine Stelle in der Rinde, die wie poliertes Silber in der Abendsonne funkelte. „Es sieht aus wie … ein Zeichen," sagte er, während seine Finger zögernd über die glatte, fast metallene Oberfläche glitten.

Sylvia kniete sich nieder, ihre Hände glitten vorsichtig über die Rinde. „Es ist mehr als ein Zeichen," murmelte sie. „Es sieht aus wie … eine Tür. Oder ein Weg."

„Ein Weg?" Tobias klang skeptisch. „Es ist nur ein Baum, Sylvia."

Doch bevor er seine Worte beenden konnte, veränderte sich die Atmosphäre um sie herum. Der Wind, der sanft durch die Bäume gestrichen war, wurde stärker. Es war kein gewöhnlicher Wind.

Er trug eine Melodie in sich – ein leises, fließendes Lied, das kaum wahrnehmbar war und dennoch ihre Sinne erfüllte.

Sylvia sprang auf, ihr Atem beschleunigte sich. „Hörst du das?"

Tobias nickte langsam. „Es klingt … vertraut. Aber das kann nicht sein."

Der Wind begann um den Baum zu kreisen, als ob er sich um einen Mittelpunkt formte. Die silbrige Stelle auf der Rinde wurde heller, Linien zogen sich wie glühende Adern über die Oberfläche des Baumes und bildeten ein lebendiges, pulsierendes Muster.

„Was ist das?" Tobias' Stimme zitterte leicht, doch er konnte seinen Blick nicht abwenden.

Sylvia trat näher, ihre Hand ausgestreckt, als ob sie das Licht berühren wollte. „Es fühlt sich an, als ob er uns rufen würde," flüsterte sie.

Plötzlich begann der Boden, um den Baum zu glühen. Die Lichtung war nun in ein sanftes, silbriges Licht getaucht, das von den Linien auf dem Baum auszugehen schien. Die Luft fühlte sich schwer und elektrisiert an, als ob sie voller Geheimnisse und Möglichkeiten steckte.

„Das ist … ein Portal," sagte Sylvia schließlich, ihre Stimme klang ehrfürchtig.

„Ein Portal?" Tobias schüttelte ungläubig den Kopf. „Das kann nicht …"

Doch seine Worte starben, als sich der Baum zu bewegen schien. Die Rinde pulsierte sanft, und das Licht strömte wie flüssiges

Silber über die Oberfläche. Zwischen den glühenden Linien entstand ein Durchgang – eine Blase aus Licht, die wie eine Wasseroberfläche schimmerte.

„Das ist eine Zeitblase," sagte Sylvia leise, als ob sie die Worte nicht selbst gesprochen hätte, sondern sie durch den Wind gehört hatte.

Tobias spürte, wie seine Beine wie von selbst einen Schritt nach vorne machten. „Eine Zeitblase? Wie … wie wissen wir das?"

Sylvia blickte ihn an, ihre Augen funkelten im silbernen Licht. „Es fühlt sich an, als ob wir es immer gewusst hätten," flüsterte sie.

Der Wind verstummte plötzlich, und eine tiefe Stille legte sich über die Lichtung. Die silberne Blase glitzerte vor ihnen, einladend und doch voller Geheimnisse. Tobias und Sylvia sahen einander an, die Stille zwischen ihnen war voller unausgesprochener Fragen. Dann sahen sie durch diese Blase einen silberschimmernden Hasen auf der anderen Seite sitzen, der die beiden Geschwister zu beobachten schien. Kurz darauf sprang er in einer leicht optischen Verzerrung zur Seite und setzte sich neben diesen alten knorrigen Baum. Der Hase schien sie unentwegt zu beobachten, als würde er darauf warten, was in den nächsten Momenten geschehen würde.

„Vielleicht ist das … unser Weg," sagte Sylvia schließlich und griff nach Tobias' Hand.

In diesem Moment verschwand der silbern schimmernde Hase wieder. Tobias zögerte nur einen Moment, dann umfasste er fest aber entschlossen ihre Hand. Gemeinsam traten sie einen Schritt nach vorne auf die Blase zu. Das Licht umhüllte sie sanft, und für einen kurzen Augenblick spürten sie eine seltsame Schwerelosigkeit, als ob sie durch die Zeit selbst schwebten.

Als sie die Blase durchschritten, veränderte sich die Welt um sie herum. Die Lichtung, der Baum, der Wald – alles schien zu verblassen, und stattdessen breitete sich eine andere, lebendigere Landschaft vor ihnen aus. Die Luft war erfüllt von einem Summen, was wie das Echo einer Melodie klang, und der Himmel über ihnen schimmerte in einem sanften, goldenen Licht.

Tobias hielt inne, seine Augen weit vor Staunen. „Wo … wo sind wir?"

Sylvia drehte sich um, doch die Blase war verschwunden, und der große Baum lag nun hinter ihnen wie eine ferne Erinnerung. Den silbern schimmernden Hasen konnte sie auch nicht mehr sehen. Sie zuckte mit ihren Schultern und flüsterte: „Ich weiß es nicht, aber ich glaube, das hier ist der Anfang von etwas Wundervollem."

Die beiden standen Hand in Hand in dieser neuen, unbekannten Welt, die vor ihnen lag, bereit, ihre Reise zu beginnen.


## Kapitel 3: Der Übergang

Tobias fühlte, wie die Welt um ihn herum stiller wurde – unheimlich still. Die Lichtung mit dem uralten Baum schien eingefroren, und das Licht, das von seiner silbrigen Rinde ausging, pulsierte sanft wie ein Atemzug. Der Boden unter ihren Füßen fühlte sich seltsam an, nicht mehr fest, sondern wie Wasser, das sie trug.

„Hörst du das?" flüsterte Sylvia.

Tobias lauschte und da war es: ein tiefer, melodischer Klang, der keine Stimme war und doch wie eine rief. Er schien aus der Erde, dem Baum, dem Licht selbst zu kommen, und er hüllte sie ein, bis er Teil ihrer eigenen Gedanken wurde.

„Es klingt wie … eine Einladung," sagte Sylvia, ihre Stimme kaum mehr als ein Hauch.

Das Licht des Baumes wurde heller, wogender, lebendiger. Tobias spürte, wie sein Herz schneller schlug. Es war keine Angst, sondern eine ehrfürchtige Erwartung, die ihn durchströmte, als ob die Welt für einen Augenblick den Atem anhielt.

„Was passiert hier?" fragte er leise.

Sylvia trat einen Schritt näher an den Baum heran, die Hand über der pulsierenden Rinde schwebend. „Ich weiß es nicht," murmelte sie. „Aber ich glaube, wir müssen es herausfinden."

Ihre Finger zitterten, als sie sich der Oberfläche näherten. Tobias beobachtete sie und spürte dieselbe Spannung – eine unsichtbare Grenze, die nur darauf wartete, überschritten zu werden.

„Wenn wir das tun," sagte Sylvia, „wird nichts mehr so sein wie vorher."

Tobias trat neben sie. „Vielleicht soll es auch nicht so bleiben," sagte er und legte seine Hand auf die glatte Rinde.

Die Berührung löste etwas aus. Ein warmes, pulsierendes Kribbeln schoss durch Tobias' Körper. Das Licht des Baumes erstrahlte heller, und die Welt um sie herum verschwamm. Der silbrige Schimmer breitete sich aus und formte sich zu einer lebendigen Fläche, die flüssig wie ein schimmernder See wirkte.

„Es sieht aus wie ein Tor," sagte Sylvia ehrfürchtig.

„Ein Tor … aber wohin?" flüsterte Tobias.

Das Licht um sie herum wuchs, durchdrang die Lichtung, als ob es sie in sich aufnehmen wollte. Ein Klang, tief und vibrierend wie die Saiten eines unsichtbaren Instruments, erfüllte die Luft.

Plötzlich fühlte Tobias sich müde, seltsam schwer. Sein Kopf wurde träge, und seine Augenlider flatterten, als ob sie sich kaum offenhalten ließen. „Ich … ich glaube, ich muss mich hinlegen," murmelte er.

Sylvia nickte schwach, als ob dieselbe Müdigkeit sie überkam. „Ich auch …" Ihre Worte verklangen, als sie sich langsam auf das Gras der Lichtung sinken ließen. Das Licht des Baumes pulsierte in sanften Wellen über sie hinweg, ein beruhigender Rhythmus, der sie einhüllte.

Dann öffnete Tobias seine Augen. Doch das, was er sah, war nicht die Lichtung, auf der sie eingeschlafen waren. Um ihn herum war ein endloses Meer aus Licht – ein Raum, der in sanften Silber- und Goldwellen pulsierte. Er fühlte sich leicht, als ob er keinen festen Körper hätte, sondern nur eine schwebende Präsenz wäre.

„Sylvia?" rief er. Seine Stimme klang fremd, weich, wie ein Echo, das in der Weite verhallte.

„Ich bin hier," antwortete sie, und er sah sie neben sich. Sie schwebte wie er, ihre Haare bewegten sich in einem unsichtbaren Wind, ihre Augen weit vor Staunen.

„Was ist das?" fragte Tobias ehrfürchtig.

Sylvia blickte um sich, auf die schimmernden Punkte und Linien, die sich durch den Raum zogen. „Ich glaube … das ist die Astralebene," sagte sie. „Wir … wir sind außerhalb unseres Körpers."

Tobias sah hinunter und erstarrte. Unter ihnen lagen sie selbst, ihre Körper schlafend im weichen Gras der Lichtung. Um ihre leblosen Gestalten zogen sich silberne Fäden, die sich mit sanftem Glimmen von ihren Nabeln in die Astralebene spannten.

„Sylvia, sieh mal," sagte Tobias und deutete auf die Fäden. „Wir sind noch verbunden."

Sylvia betrachtete die Fäden und nickte. „Das ist die astrale Silberschnur," sagte sie leise. „Sie hält unsere Seelen mit unseren Körpern verbunden. Ohne sie könnten wir nicht zurückkehren."

Tobias schluckte und sah sich um. Die Lichtpunkte der Astralebene begannen sich zu bewegen und formten Muster, die wie Netze durch die unendliche Weite verliefen. Es war keine Leere, sondern eine lebendige, pulsierende Welt.

„Sieh mal," sagte Sylvia und zeigte auf eine Stelle vor ihnen. „Das sieht aus wie … ein Weg."

Die Lichtpunkte hatten sich zu einem schimmernden Band verbunden, das sich durch die Astralebene zog. Es war nicht gerade, sondern wand sich wie ein Fluss durch die schimmernde Leere.

„Wo führt das hin?" fragte Tobias.

Sylvia lächelte zaghaft. „Ich weiß es nicht. Aber ich glaube, wir sollen es herausfinden."

Hand in Hand traten sie auf den leuchtenden Pfad. Die Silberschnur blieb an ihnen verankert, eine sanfte Erinnerung an die Verbindung, die sie zurückführen würde. Doch für jetzt waren sie bereit, die Geheimnisse dieser neuen, funkelnden Welt zu entdecken.

## Kapitel 4: Der Pfad aus Licht

Sylvia und Tobias standen still, als ob die Zeit in der Astralebene keinen festen Fluss mehr hatte. Der schimmernde Pfad aus Licht vor ihnen schlängelte sich wie ein lebendiger Strom durch die endlose Weite, pulsierend in einem Rhythmus, der sich mit jedem Herzschlag verstärkte.

Die Luft um sie herum war dicht und voller Energie – nicht bedrückend, sondern alles durchdringend, wie eine sanfte Umarmung. „Es fühlt sich an, als würde der Pfad uns etwas sagen wollen," murmelte Sylvia, während ihre Finger die tanzenden Lichtpunkte umspielten. Sie glühten in Regenbogenfarben, die sich fließend veränderten, als ob der Pfad selbst auf ihre Berührung reagierte.

„Oder als ob er wüsste, wohin wir gehen müssen," antwortete Tobias, seine Stimme zitterte leicht vor Unsicherheit.

Plötzlich war es, als ob der Pfad antwortete. Das pulsierende Licht wurde intensiver, und aus der strahlenden Helligkeit formte sich erneut eine kleine, zierliche Gestalt. Sie trat mit einer Leichtigkeit hervor, als wäre sie schon immer da gewesen, ein Teil des Pfades, der nun Gestalt angenommen hatte. Ihre Flügel schimmerten wie zarte Blütenblätter, die im Morgentau gefangen waren, und ihre Augen strahlten eine Wärme aus, die beruhigend und geheimnisvoll zugleich war.

„Willkommen auf dem Pfad des Suchens," sagte die Gestalt mit einer Stimme, die wie das Flüstern eines Sommerwindes klang. „Ich bin Airi, die Waldfee, Hüterin der Wälder und Begleiterin derer, die den Mut finden, jenseits des Sichtbaren zu wandern."

Sylvia starrte sie an, ihre Augen weit geöffnet vor Staunen. „Du bist … echt?" fragte sie leise, als hätte sie Angst, die Antwort zu hören.

Airi lächelte sanft, ein Lächeln, das wie ein Geheimnis in sich selbst ruhte. „So echt wie eure Gedanken, eure Zweifel, eure Träume," sagte sie. „Ich bin ein Teil dessen, was ihr vergessen habt, aber nie verloren ging. Ich bin hier, um euch zu helfen, das zu sehen, was vor euch liegt – und in euch selbst."

Tobias trat einen Schritt zurück. „Warum … warum brauchen wir deine Hilfe?"

Airi blickte ihn mit einer Mischung aus Geduld und Ernst an. „Weil der Pfad, den ihr betreten habt, keiner ist, den ihr alleine gehen könnt. Die Astralebene ist ein Ort, der das Sichtbare mit dem Unsichtbaren verbindet. Eure Welt und diese hier sind eins, aber der Übergang ist schwierig. Hier, auf diesem Pfad, werdet ihr geprüft – nicht von mir, sondern von euch selbst."

Noch während Airi sprach, wurde das Licht des Pfades wieder heller, und eine zweite Gestalt trat aus den flimmernden Lichtpunkten hervor. Ihre Präsenz war anders – kraftvoller, fast ehrfurchtgebietend. Ihre Flügel glitzerten wie Sternenstaub, und ihr Blick schien durch alles hindurch zu sehen, direkt in die Seele.

„Lumira," flüsterte Tobias, als die Sternenfee vor ihnen erschien, erstaunt über sich selbst, warum er ihren Namen kannte, obwohl er sich nicht daran erinnern konnte, ihn je schon einmal benutzt zu haben.

Lumira neigte leicht den Kopf und lächelte. „Ihr habt viel Mut bewiesen, den Pfad zu betreten. Doch dies ist erst der Anfang. Die Astralebene ist ein Ort der Wahrheit. Jeder, der hier wandelt, wird mit sich selbst konfrontiert. Denn ohne Wahrheit gibt es keine Reise, nur Stillstand."

„Wahrheit?" fragte Sylvia, ihre Stimme bebte leicht.

„Ja," sagte Lumira und ihre Augen leuchteten wie ferne Sterne. „Hier wird euch gezeigt, was ihr seid – und was ihr verbergen wollt. Denn nur, wer bereit ist, seine Schatten zu erkennen, kann das Licht finden, das in ihm liegt."

Die Feen führten die Geschwister weiter den Pfad entlang, bis sie an eine Lichtung aus purem Licht kamen. In der Mitte der Lichtung erhob sich ein Brunnen, dessen Wasser wie flüssiges Silber glitzerte. Die Luft war erfüllt von einem sanften Summen, was wie eine Melodie klang, aber nur für sie gespielt wurde.

„Das ist der Brunnen der Erinnerungen," erklärte Airi. „Wer in sein Wasser blickt, sieht nicht nur die Wahrheit, sondern auch die Möglichkeit, zu wachsen. Er zeigt euch nicht nur, was war, sondern auch was sein könnte."

Sylvia trat zögernd vor und kniete sich vor dem Brunnen nieder. Ihr Spiegelbild im Wasser war klar, doch als sie länger hinsah, begann es sich zu verändern. Sie sah Bilder – Momente aus ihrer Vergangenheit, ihre Ängste, ihre Hoffnungen. Tränen liefen über ihre Wangen, als sie erkannte, dass sie nicht nur Fehler gemacht hatte, sondern auch Stärke besaß, die sie nie wahrgenommen hatte.

„Es ist … schwer, aber auch schön," flüsterte sie.

„Die Wahrheit ist nie leicht," sagte Lumira leise. „Aber sie ist notwendig. Denn nur durch die Wahrheit könnt ihr euren Weg finden."

Tobias trat ebenfalls vor und blickte in das Wasser. Auch er sah Bilder – seine Unsicherheiten, seine Zweifel, aber auch seine Neugier und seinen Mut. Ein warmes Gefühl durchströmte ihn, als ob der Brunnen ihm seine eigene Stärke zeigte.

„Das sind wir," sagte er schließlich. „Aber es ist mehr, als wir dachten."

Die Feen nickten. „Die Astralebene offenbart nicht nur die Welt, sondern auch das, was in euch liegt," sagte Airi. „Und wenn ihr bereit seid, diese Wahrheit anzunehmen, wird der Pfad euch weiterführen – nämlich zu dem, was ihr sucht."

Die Lichtung begann zu verblassen, doch der Brunnen und die Feen blieben klar. Tobias und Sylvia spürten, wie der Pfad sie weiterzog, tiefer in die Weite der Astralebene. Sie wussten, dass ihre Reise gerade erst begonnen hatte, doch sie fühlten sich bereit. Denn die Wahrheit, so schwer sie auch war, hatte sie stärker gemacht.

## Kapitel 5: Der erste Hüter

Der Brunnen der Erinnerungen lag nun hinter ihnen, doch die Eindrücke, die sie dort gewonnen hatten, wirkten nach. Tobias und Sylvia spürten, wie sich etwas in ihnen verändert hatte – wie ein leises Ziehen an unsichtbaren Fäden, die ihre Gedanken, Gefühle und Erinnerungen miteinander verknüpften.

Der Pfad vor ihnen war nicht mehr derselbe. Die Lichtpunkte, die ihn formten, schimmerten nicht nur; sie schienen zu atmen, sich in Mustern zu bewegen, die sowohl vertraut als auch unbegreiflich waren. Es war, als ob der Pfad sie prüfte – nicht durch Worte, sondern durch die Art, wie er auf ihre Schritte reagierte.

„Es fühlt sich an, als ob der Pfad uns kennt," sagte Sylvia leise. Ihre Finger strichen über die schimmernden Farben, die bei ihrer Berührung aufflammten.

„Es ist, als würde er mit uns sprechen," fügte Tobias hinzu. Er blieb stehen und betrachtete den Boden unter seinen Füßen. Durch den durchscheinenden Pfad sah er ein Abbild von sich selbst – aber nicht so, wie er wirklich war. Es war ein Bild von ihm, wie er sich wünschte zu sein: selbstbewusst, stark, ohne die Zweifel, die ihn oft begleiteten.

„Das bist du," sagte Airi schließlich sanft. „Nicht nur, wie du bist, sondern auch, wie du sein kannst. Die Astralebene zeigt nicht nur die Wahrheit – sie zeigt Möglichkeiten."

Sylvia wollte etwas sagen, doch plötzlich erfüllte ein tiefes, hallendes Lachen die Luft. Es war kein unheimliches Lachen, aber es hatte eine Kraft, die sie innehalten ließ. Die Farben des

Pfades flackerten, die Schatten wurden länger, und aus der Dunkelheit trat eine Gestalt hervor.

Die Gestalt war kleiner als die Beiden, aber imposant. Ihre Umrisse schienen sich ständig zu verändern – mal scharf, mal verschwommen. Ihre Haut schimmerte wie moosbedecktes Holz, und ihre Augen glühten wie verborgene Flammen.

„Wer bist du?" fragte Sylvia, ihre Stimme zitterte leicht vor Anspannung.

Die Gestalt lächelte verschmitzt. „Ich bin Nox," sagte sie und verneigte sich tief. „Hüter des Pfades, Wächter der Schwellen, und gelegentlich auch ein Spaßmacher."

„Warum bist du hier?" fragte Tobias, der versuchte, sich nicht von der beeindruckenden Erscheinung einschüchtern zu lassen.

Nox lachte erneut, ein Klang wie knarrende Äste im Wind. „Die bessere Frage ist: Warum seid ihr hier? Die Astralebene ist kein Ort für ziellose Wanderer. Sie ist ein Ort der Wahrheit. Und Wahrheit muss verdient werden."

Mit einer eleganten Bewegung zog er einen facettierten Kristall aus seiner Tasche. Das Licht der Astralebene tanzte darin wie gefangenes Sternenlicht. „Doch ich bin nicht hier, um zu predigen. Ich bin hier, um euch zu prüfen."

„Wie?" fragte Sylvia, ihre Neugier überwog ihre Furcht.

„Mit einem Rätsel, natürlich," sagte Nox, sein Lächeln wurde breiter. „Die Antwort ist einfach – wenn ihr bereit seid, sie zu sehen."

Seine Stimme war tief und melodisch, als er das Rätsel vortrug:

*„Ich bin euer Begleiter in jeder Stunde,*
*Mein Rhythmus formt das Leben für jede Sekunde.*
*Ich bin unsichtbar und doch immer hier,*
*Ohne mich verliert alles seine Gier.*
*Was bin ich?"*

Sylvia und Tobias sahen sich an, und für einen Moment schien die Zeit stillzustehen. Es war, als ob die gesamte Astralebene den Atem anhielt.

„Die Zeit," sagte Sylvia schließlich. Ihre Stimme war ruhig, aber bestimmt.

Nox hob eine Augenbraue. „Die Zeit, sagst du? Warum?"

„Weil sie immer da ist," erklärte Sylvia. „Sie gibt uns die Möglichkeit, Dinge zu erleben, aber sie nimmt sie auch wieder weg. Und wir bemerken sie oft erst, wenn sie vergangen ist."

Nox nickte langsam, und sein Lächeln wurde weicher. „Eine kluge Antwort," sagte er. „Ihr habt die Wahrheit erkannt. Die Zeit ist euer Begleiter, aber auch euer Lehrer. Verschwendet sie nicht."

Mit einem letzten Zwinkern löste sich Nox im Schatten auf. Die Farben des Pfades leuchteten erneut auf, heller und einladender als zuvor.

„Er ist nicht wirklich fort, oder?" fragte Tobias nach einer Weile.

Lumira, die Sternenfee, schüttelte sanft den Kopf. „Die Hüter der Astralebene sind immer da, auch wenn ihr sie nicht seht. Ihre Präsenz bleibt, um euch zu führen."

Die beiden Geschwister gingen weiter, ihre Schritte waren nun sicherer, ihre Herzen leichter. Der Pfad dehnte sich vor ihnen aus, ein Versprechen von neuen Herausforderungen und Geheimnissen. Doch in ihnen wuchs das Gefühl, dass sie bereit waren – nicht nur für die Prüfungen der Astralebene, sondern auch für die Wahrheit, die sie in sich selbst finden würden.

## Kapitel 6: Die Brücke der Schatten

Die Astralebene schien sich um Tobias, Sylvia und den nicht mehr sichtbaren Nox wie ein lebendiger, atmender Organismus zu verändern. Die Farben, die zuvor den Pfad geschmückt hatten, zogen sich in tiefere, dunklere Töne zurück. Sie wurden reicher und intensiver, durchzogen von silbrigen und violetten Adern, die wie ein Tanz der Sterne über ihnen schimmerten.

Der Pfad aus Licht verblasste allmählich, und vor ihnen öffnete sich eine scheinbar endlose Schwärze. Es war keine Leere, sondern eine Präsenz, die sie mit einer stillen Macht einhüllte.

Sylvia trat näher an Tobias heran und griff nach seiner Hand. „Es ist anders," flüsterte sie, ihre Augen suchten die Dunkelheit ab. „Es fühlt sich an, als ob … etwas wartet."

„Etwas wartet auch," antwortete Nox, seine Stimme war tiefer und ernsthafter als zuvor. „Willkommen an der Brücke der Schatten."

Vor ihnen erstreckte sich ein Abgrund, der ins Nichts zu führen schien. Doch als sie einen Schritt nähertraten, begann die Dunkelheit, sich zu bewegen. Sie wogte wie Tinte in Wasser, zog Schlieren und schien fast zu atmen.

Plötzlich schälte sich eine Brücke aus der Schwärze. Sie war lebendig, aus Schatten geformt, durchzogen von schimmernden Lichtadern, die wie pulsierende Venen in einem unsichtbaren Körper wirkten. Sie schwang sich über den Abgrund, elegant und unberechenbar, als hätte sie ihren eigenen Willen.

„Das ist die Brücke der Schatten?" fragte Tobias, ein Schauder lief über seinen Rücken.

„Ja," sagte Nox mit einem kleinen Lächeln und stand nun wieder sichtbar neben ihnen. „Sie ist kein gewöhnlicher Übergang. Sie ist ein Spiegel – und sie zeigt euch, was ihr in euch tragt. Eure Ängste, eure Hoffnungen, eure tiefsten Geheimnisse. Nur wenn ihr bereit seid, euch selbst zu sehen und zu akzeptieren, wird sie euch tragen."

Sylvia atmete tief ein, ihre Hand zitterte leicht in der von Tobias. „Ich gehe zuerst," sagte sie entschlossen.

„Bist du sicher?" fragte Tobias, doch in seinen Augen lag der Wunsch, sie aufzuhalten.

„Ich habe Angst," gab Sylvia zu, ihre Stimme war fest, „aber ich werde nicht zulassen, dass sie mich aufhält."

Mit unsicheren Schritten näherte sie sich der Brücke. Als sie ihren Fuß auf die schimmernden Schatten setzte, schien der Abgrund für einen Moment tiefer zu werden, bevor die Brücke unter ihr zu leuchten begann. Die Schatten schienen sie zu beobachten, während sie vorsichtig Schritt für Schritt weiterging.

Plötzlich begannen die Schatten, Bilder zu formen. Sie flackerten wie Erinnerungsfetzen in einer unruhigen Nacht. Sylvia sah sich selbst als kleines Kind, fröhlich tanzend in einem Meer aus Sonnenblumen. Doch das Bild wandelte sich. Sie sah sich allein in einem dunklen Raum sitzen, Tränen liefen über ihr Gesicht.

„Das bin ich," flüsterte sie, ihre Stimme war voller Melancholie.

„Ja," sagte Nox sanft. „Aber das ist nicht alles, was du bist."

Die Schatten zeigten ihr ein neues Bild: Sie selbst, stark und strahlend, mit einem festen Blick und einer klaren Vision vor sich.

Sylvia schloss die Augen und ließ die Bilder auf sich wirken. Sie fühlte ihre Unsicherheiten, ihre Ängste, aber auch eine Stärke, die sie bisher nicht gekannt hatte. Mit jedem Schritt wurde ihr Mut größer, bis sie schließlich das Ende der Brücke erreichte.

„Ich habe es geschafft," sagte sie leise und drehte sich zu Tobias um. „Jetzt bist du dran."

Tobias stand am Rand der Brücke und starrte auf die wirbelnden Schatten, die wie lebendig schienen. Er fühlte, wie seine Beine schwer wurden, und die Angst drückte ihm auf die Brust.

„Ich weiß nicht, ob ich das kann," flüsterte er.

„Angst ist keine Schwäche," sagte Nox und trat näher zu ihm. „Aber sie wird dich lähmen, wenn du sie lässt. Du hast die Wahl."

Tobias holte tief Luft. Schließlich trat er auf die Brücke, und die Schatten zogen sich unter seinem Fuß zusammen. Doch anders als bei Sylvia schien die Dunkelheit um ihn herum unruhiger zu sein, fast fordernd.

Die Schatten formten Bilder, die ihn wie eine Welle trafen. Er sah sich selbst, wie er bei einem Spiel scheiterte, seine Hände zitterten vor Enttäuschung. Er hörte Stimmen, die flüsterten: „Du bist nicht gut genug."

Doch dann wandelten sich die Bilder. Tobias sah sich selbst, wie er eine Herausforderung meisterte, sein Gesicht voller Stolz und Freude.

„Du bist mehr, als du glaubst," flüsterten die Schatten, und ihre Worte hallten in seinem Inneren wider.

Mit jedem Schritt wurde Tobias mutiger, bis er schließlich Sylvia erreichte. Sie streckte ihm die Hand entgegen, und er ergriff sie fest.

„Ich wusste, dass du es schaffst," sagte sie lächelnd.

Nox trat vor und musterte die beiden mit einem schelmischen Blick. „Ihr habt die Brücke überquert. Aber denkt daran: Die Brücke ist nicht euer Feind. Sie ist euer Lehrer. Außerdem habe ich gerade entschieden, mit euch gemeinsam zu reisen. Ihr werdet mich eh brauchen" Nox lächelte verschmitzt und ging voraus.

Hinter ihnen begann die Brücke zu verblassen. Die Schatten lösten sich in der Schwärze auf, doch die Lektionen, die sie gelernt hatten, brannten sich in ihre Herzen ein.

„Was kommt jetzt?" fragte Sylvia leise.

Nox deutete auf den weiterführenden Pfad. „Jetzt geht ihr weiter. Die Astralebene hat noch viele Geheimnisse für euch. Und glaubt mir, langweilig wird es nicht."

Mit einem letzten Blick zurück folgten Tobias und Sylvia dem leuchtenden Pfad, die Dunkelheit wich zurück und machte Platz für ein neues Kapitel ihrer Reise.

## Kapitel 7: Das Geschenk einer Fee

Die Astralebene begann sich zu wandeln, nicht plötzlich, sondern in einem Fluss, der wie ein leises Lied die Luft erfüllte. Sie war nicht länger schwer und still – sie atmete. Die Dunkelheit zog sich zurück wie Wasser, das vom Ufer weicht, und enthüllte eine Weite aus schimmerndem Dunst. Die Farben änderten sich, wurden lebendig, doch nicht grell. Es war, als ob die Ebene selbst auf das bevorstehende Ereignis reagierte, sich darauf vorbereitete, etwas Besonderes zu feiern.

Der Boden unter ihren Füßen, der zuvor fest und sanft leuchtend gewesen war, verwandelte sich in eine spiegelnde Fläche, die wie flüssiges Silber glitzerte. Tobias spürte, wie seine Schritte leichter wurden, als ob die Ebene ihm helfen wollte, sich vorwärts zu bewegen.

„Was ist das?" flüsterte Sylvia und blieb stehen. Der Raum um sie herum wirkte nicht mehr wie eine bloße Landschaft, sondern wie ein Wesen, das sie willkommen hieß. Winzige Lichtpunkte schwebten in der Luft, tanzten umeinander und hinterließen glitzernde Spuren wie funkelnde Tautropfen im Mondlicht.

„Es fühlt sich an, als ob alles … lebt," fügte Tobias hinzu. Seine Stimme war voller Staunen. „Nicht wie vorher – es ist anders."

Nox, der nun hinter ihnen stand, ließ seinen Blick über die Veränderung schweifen. Seine Augen funkelten, und ein Hauch von Respekt lag in seiner sonst so lässigen Haltung. „Ihr seid an einem besonderen Ort angekommen," sagte er. „Die Astralebene ist nicht nur eine Welt – sie ist ein Wesen. Sie spürt, was in euch vorgeht, und manchmal reagiert sie darauf."

Vor ihnen erschien ein Licht. Es war kein einfaches Leuchten, sondern eine pulsierende, lebendige Präsenz, die sich wie ein Herzschlag ausbreitete. Die Farben wechselten von einem kühlen Blau zu einem sanften Violett, dann zu einem goldenen Schimmer, der die Luft um sie herum wärmte. Das Licht wuchs, wurde heller und klarer, bis es schließlich die Form einer kleinen Gestalt annahm.

Eine weitere Fee erschien inmitten des Lichts. Ihre Flügel schimmerten wie schmelzendes Glas, und ihr Haar bewegte sich in einem unsichtbaren Wind. Die winzigen Lichtpunkte in der Luft schienen von ihr auszugehen, als ob sie der Ursprung dieses magischen Augenblicks war. In ihren Händen hielt sie das Lum – eine leuchtende Kugel, die pulsierte wie ein lebendiges Herz.

„Willkommen, Sylvia und Tobias," sagte Fiona, ihre Stimme war eine sanfte Melodie, die durch die schimmernde Luft schwebte. „Ich habe euch erwartet.

Die Geschwister standen reglos, überwältigt von ihrer Präsenz. Sylvia wollte etwas sagen, doch die Worte blieben ihr im Hals stecken. Tobias spürte, wie sein Herz schneller schlug. Das Lum in Fionas Händen war hypnotisch – ein Licht, das nicht nur seine Augen, sondern auch sein Innerstes anzog.

„Wer bist du?" fragte Tobias schließlich, seine Stimme war ein Flüstern.

„Ich bin Fiona," antwortete sie mit einem Lächeln, das wie der erste Sonnenstrahl nach einer langen Nacht wirkte. „Eine Hüterin des Lichts. Ich bin hier, um euch zu helfen, das zu finden, was ihr schon immer in euch getragen habt."

Fiona trat näher, und das Lum begann heller zu leuchten. Die Luft um sie herum vibrierte, als ob die Astralebene selbst auf die Kugel reagierte. „Dieses Licht," sagte sie leise, „ist kein gewöhnliches Licht. Es ist ein Spiegel, Tobias. Es zeigt dir, was in dir verborgen liegt, und hilft dir, es zu erkennen."

Tobias sah das Lum an, und seine Hände zitterten leicht. „Warum ich?" fragte er, und seine Stimme klang unsicher. „Ich hatte Angst. Ich wollte weglaufen."

„Angst ist keine Schwäche," sagte Fiona sanft. „Sie ist ein Teil von dir, wie das Licht. Doch du hast dich entschieden, trotz deiner Angst weiterzugehen. Das Lum hat das gesehen – und es hat dich gewählt."

Langsam streckte Tobias die Hände aus, und das Lum schwebte in seinen Handflächen. In dem Moment, in dem es ihn berührte, spürte er eine Welle von Wärme, die durch seinen Körper strömte. Es war mehr als nur eine Berührung – es war, als ob ein Teil von ihm, das er nicht kannte, plötzlich erwachte.

„Das Lum wird dir helfen, das zu sehen, was vielen anderen verborgen bleibt," sagte Fiona. „Es wird dich leiten – aber vergiss nie: Sein Licht kommt von dir."

Die leuchtende Fee trat zurück, und ihr Licht begann allmählich zu verblassen. „Eure Reise hat gerade erst begonnen," sagte sie. „Das Lum ist euer Begleiter, aber auch euer Lehrer. Nutzt es mit Weisheit."

Ihre Gestalt löste sich in den tanzenden Lichtpunkten auf, und die Dunkelheit der Astralebene kehrte zurück. Doch das Lum in Tobias' Händen blieb, warm und lebendig, ein ständiges Leuchten in der Stille.

Nox lächelte, und sein Blick war durchdringend, als er Tobias ansah. „Seltsam, nicht wahr?" sagte er leise. „Wir suchen immer nach einem Licht, das uns den Weg weist, und vergessen dabei, dass es die Dunkelheit ist, die uns lehrt, es zu schätzen."

Tobias sah auf das Lum, und zum ersten Mal spürte er, dass es mehr war als nur ein Geschenk. Es war ein Teil von ihm – ein Licht, das er schon immer in sich getragen hatte.

„Kommt," sagte Sylvia schließlich und sah Tobias mit einem sanften Lächeln an. „Ich bin gespannt, wohin uns dieses Licht führt."

Mit dem Lum in seinen Händen setzten sie ihren Weg fort. Das Licht erhellte den Pfad vor ihnen, und die Dunkelheit wich zurück, als ob sie Platz machte für das, was noch kommen sollte.

## Kapitel 8: Das Portal zur verborgenen Höhle

Die Veränderung begann leise, wie das erste Blühen einer Blume in der Dunkelheit. Die Astralebene, die sie bisher begleitet hatte, schien erneut ihren Charakter zu wandeln. Die Farben, die zuvor wie ein lebendiges Gemälde um sie herum pulsiert hatten, verblassten, und an ihre Stelle trat ein zartes, perlmutt schimmerndes Licht. Es war, als ob die Welt einen Atemzug anhielt; die Spannung in der Luft war greifbar.

Um sie herum formte sich eine neue Welt – fremd und doch vertraut, als hätte sie schon immer dort existiert. Es war kein Wald, wie sie ihn kannte, und doch sprach er in der Sprache des Herzens. Die Bäume wirkten lebendig wie Wesen, geboren aus Licht und Zeit. Ihre Stämme, durchzogen von kristallenen Fasern, schimmerten in allen Farben des Seelenlichts.

An ihren Ästen wuchsen funkelnde Prismen, die sich im Atem des Windes wie tanzende Edelsteine bewegten – flüssiges Licht in stiller Bewegung. Aus dem Inneren der Bäume zogen sich leuchtende Adern, die sanft pulsierten – als würde dieser Ort atmen. Die Farben waren tief, intensiver als je zuvor. Es war, als würde der Wald seine Magie sammeln, um sie denen zu schenken, die wirklich sehen wollten.

„Chrysopasia bereitet sich vor," sagte Lumira leise. Ihre Flügel glitzerten im Zwielicht, und ihre Stimme klang ehrfürchtig. „Es ist ein Ort, der auf euch wartet – voller Prüfungen, aber auch voller Offenbarungen." Die Geschwister betraten den Wald, der unter ihren Schritten wie lebendig wirkte. Der Boden, übersät mit feinsten Kristallstaubpartikeln, schien auf ihre Bewegungen zu reagieren. Winzige Lichtpartikel stiegen bei jedem Schritt auf, tanzten um sie herum wie kleine Glühwürmchen und verschwanden dann in der Luft.

„Wunderschön," flüsterte Sylvia und ließ ihre Fingerspitzen über die glatte, warme Oberfläche einer der Bäume gleiten. Ein leises Summen erklang, als ob der Baum ihre Berührung begrüßte.

„Dieser Ort ist mehr als nur ein Wald," erklärte Airi, deren Gestalt beinahe mit den Farben des Waldes verschmolz. „Er ist ein Hüter der Zeit und der Erinnerungen. Alles, was hier geschieht, wird in den Kristallen bewahrt – jede Prüfung, jede Wahrheit, jedes Geheimnis."

Plötzlich begann die Luft zu vibrieren. Ein sanftes, melodisches Klingen erfüllte den Raum, ein Klang, der die Grenze zwischen der physischen und der astralen Welt zu verschieben schien. Sylvia und Tobias hielten inne, als ein bläulich-weißes Licht am Rand der Lichtung erschien. Es war ein schwebender Kreis, ein Portal, das sich aus dem Nichts formte. Sein Licht drehte sich in hypnotischen Wellen, und die Luft um es herum summte wie ein lebendiges Wesen.

Bevor sie das Portal erreichten, veränderte sich die Atmosphäre erneut. Ein leises Rauschen erfüllte die Lichtung, und ein Schatten glitt lautlos durch die Äste. Die Geschwister blickten auf und entdeckten eine majestätische Eule. Ihr Gefieder schimmerte in einer Mischung aus tiefem Purpur und zartem Silber, durchzogen von perlmuttfarbenen Linien, die wie Sternenbahnen über ihrem Körper verliefen. Ihre goldenen Augen funkelten, als ob sie das Wissen der Ewigkeit in sich trugen.

„Minerva," flüsterte Lumira ehrfürchtig. „Die Wächterin der Weisheit."

Die Eule glitt lautlos herab, ihre Flügel bewegten sich mit einer Leichtigkeit, die an schwebende Wolken erinnerte. Sie landete vor Sylvia und Tobias, ihre Anwesenheit strahlte eine tiefe Ruhe aus, gepaart mit einem Hauch unbestreitbarer Macht.

„Ihr seid also die Suchenden," sprach Minerva mit einer tiefen, resonanten Stimme, die wie das Echo einer alten Glocke klang. „Ihr habt den Chrysopasia erreicht, einen Ort, der euch prüfen wird. Doch bevor ihr weitergeht, müsst ihr eines verstehen: Erkenntnis ist nicht nur Wissen. Sie ist die Fähigkeit, das Licht in der Dunkelheit zu sehen – und die Dunkelheit im Licht."

Sylvia und Tobias standen still, gefesselt von der Weisheit in ihren Worten. „Was müssen wir tun?" fragte Sylvia leise, ihre Stimme bebte vor Ehrfurcht.

Minerva neigte ihren Kopf leicht und breitete ihre Flügel aus. In ihrer Kralle hielt sie eine schimmernde Feder, die in ihren zarten Perlmuttfarben leuchtete. Sie reichte sie den Geschwistern. „Dies ist die Feder der Erkenntnis," erklärte sie. „Sie wird euch daran erinnern, dass wahre Weisheit nicht in den Antworten liegt, sondern in den Fragen, die ihr zu stellen wagt."

Tobias nahm die Feder vorsichtig entgegen. Sie fühlte sich warm an, und ein leises Summen durchströmte ihn, als ob sie mit ihm sprach. „Was sollen wir damit tun?" fragte er.

„Tragt sie bei euch," sagte Minerva. „Sie wird euch daran erinnern, dass jeder Schritt, den ihr geht, nicht nur euch verändert, sondern auch die Welt um euch. Erkenntnis bedeutet Verantwortung – für euch selbst und für alles, was mit euch verbunden ist."

Minerva erhob sich mit einem sanften Flügelschlag und landete auf einem Ast in der Nähe des Portals. „Nun," sagte sie mit einem durchdringenden Blick, „dreht euch um, das Portal erwartet euch."

Neben dem Portal erschien erneut eine Gestalt – Tempus, der Zeithase, dessen silbernes Fell im Licht glitzerte. Seine großen, klugen Augen schienen die Geschwister gleichzeitig zu durchschauen und zu ermutigen. Er setzte sich auf die Hinterpfoten und lächelte. „Ah, da seid ihr ja," sagte er mit einer Stimme, die ruhig und spielerisch klang. „Bereit, einen Schritt ins Gewebe der Zeit zu wagen?"

Die Lichtlinien des Portals begannen sich schneller zu bewegen, und das Summen wurde intensiver. Sylvia und Tobias sahen einander an, ihre Blicke voller Entschlossenheit, bevor sie auf das Portal zugingen. Das Licht des Lums in Tobias' Händen pulsierte im gleichen Rhythmus wie die Schwingungen des Portals. Mit jedem Schritt schien die Luft dichter zu werden, voller Erwartung und Bedeutung.

Minerva und Tempus beobachteten sie schweigend, ihre Augen voller Wissen und Hoffnung.

„Es ist Zeit," sagte Tempus und trat zur Seite. Seine silbernen Augen ruhten auf den Geschwistern, in ihnen lag ein Versprechen – und eine Erwartung. „Tretet ein." Sylvia sah Tobias an, und er nickte. Gemeinsam gingen sie auf das Portal zu, das Licht des Lums in Tobias' Händen pulsierte im gleichen Rhythmus wie das Portal selbst. Ihre Schritte wurden langsamer, als ob die Luft um sie herum dichter wurde. Ein Summen erfüllte die Luft, und das Licht des Portals flackerte wie eine lebendige Flamme. Dann, mit einem letzten Schritt, traten sie hindurch. Es war, als ob diese Welt sie verschluckte. Das Licht umgab sie vollständig, es war warm und kalt zugleich, ein schillerndes Geflecht aus Farben, die sich bewegten wie Ströme aus flüssigem Sternenstaub. Das Summen wuchs an und wurde zu einem tiefen Klang, der in ihnen widerhallte, sie durchströmte. Sie spürten, wie sie sich bewegten, und doch schien alles stillzustehen. Die Luft wurde schwerer, dichter, voller Bedeutung – und dann …"

## Kapitel 9: Die Entdeckung der Höhle

… veränderte sich alles schlagartig. Ein kühler Wind erfasste Sylvia und Tobias, und das Licht des Portals verblasste langsam, wurde durch eine Dunkelheit ersetzt, die nicht leer war, sondern atmete. Die Dunkelheit war warm und lebendig, durchzogen von einem Rhythmus, der wie ein ferner Herzschlag klang. Sylvia hielt den Atem an, und Tobias spürte, wie das Lum in seinen Händen wärmer wurde, als ob es ihnen Mut zusprechen wollte.

Plötzlich veränderte sich die Atmosphäre. Der Boden unter ihren Füßen fühlte sich fest und rau an, und ein schwaches Schimmern tauchte am Rande ihrer Wahrnehmung auf. Das Pulsieren des Lums schnitt durch die Dunkelheit und offenbarte eine Höhle, die wie aus einer anderen Welt wirkte.

Die Wände waren mit Kristallen übersät, deren Lichtadern pulsierende Ströme in allen Farben des Regenbogens enthielten. Kleine, leuchtende Käfer huschten über das Gestein, und ein leises Summen erfüllte die Luft, ein Klang, der nicht nur hörbar, sondern auch spürbar war.

„Wir sind … angekommen," flüsterte Sylvia, ihre Stimme war voller Ehrfurcht.

„Das seid ihr," sagte eine vertraute Stimme hinter ihnen. Sie drehten sich um und sahen Tempus, der still am Rand des Portals stand. Sein silbernes Fell schimmerte im Licht der Höhle, und seine klugen Augen ruhten auf ihnen. „Doch dies ist nur der Anfang."

„Du bleibst bei uns?" fragte Tobias, das Lum immer noch fest in seinen Händen haltend.

Tempus wackelte leicht mit seinen Ohren, ein leises Lächeln spielte um seine Lippen. „Nicht so, wie ihr es erwartet. Ich erscheine an den Schwellen – an Portalen wie diesem. Meine Aufgabe ist es, euch zu begleiten, wenn ihr diese Grenzen überschreitet. Doch auch wenn ihr mich nicht seht, bin ich da. Die Zeit springt nicht gern allein."

Sylvia wollte etwas sagen, doch Tempus hob eine seiner kleinen Pfoten. „Jetzt beginnt eure Reise. Ich werde in eurem Schatten sein, in den Wellen der Zeit. Wenn ihr mich wieder braucht, werdet ihr mich finden."

Mit einem letzten Blick sprang der Zeithase zurück ins Portal, das in einem sanften Licht erlosch. Die Dunkelheit kehrte zurück, doch sie war nicht mehr bedrohlich. Sie war voller Möglichkeiten.

Das sanfte Pulsieren des Lums durchbrach die Düsternis und warf flackernde Lichtmuster an die Wände. Die Schatten, die sich daraus ergaben, schienen zu leben, sich zu bewegen wie Tänzer in einem alten Ritual. Die Felswände um sie herum waren mit Kristallen übersät, deren Adern pulsierende Lichtströme in sich trugen. In den Spalten des Gesteins glitten winzige Kreaturen – Käfer, die wie kleine Lampen leuchteten, und silbriges Gewürm, das sich träge bewegte. Es war, als ob die Höhle selbst ein schlagendes Herz hatte.

„Spürst du das?" fragte Tobias leise und hob das Lum etwas höher. Sein Blick suchte Sylvias Augen, als ob er sichergehen wollte, dass sie das Gleiche fühlte wie er.

Sylvia nickte. Ihre braunen Augen leuchteten im Licht des Lums. „Es ist … als ob die Höhle lebt," flüsterte sie. „Wie eine Präsenz, die uns beobachtet."

Nox, der hinter ihnen her ging, hielt inne und betrachtete die Wände. Seine großen, leuchtenden Augen schienen tiefer zu sehen, als es für Menschen möglich war. „Die Höhle lebt tatsächlich," sagte er ruhig. „Alles hier trägt die Erinnerung derer, die diesen Weg vor euch gegangen sind. Doch sie teilt ihre Geheimnisse nur mit jenen, die bereit sind, sie zu tragen."

Das Flüstern der Höhle wurde mit jedem Schritt deutlicher, nicht nur in den Ohren, sondern auch tief im Inneren. Es war ein leises, melodisches Summen, das wie eine uralte Melodie klang, deren Worte verloren gegangen waren, deren Bedeutung aber noch immer in der Luft lag.

Plötzlich erklang ein Rascheln, das aus der Dunkelheit drang. Es war kein bedrohliches Geräusch, sondern eher ein leises, neugieriges Kratzen. Tobias hielt inne, seine Finger krampften sich um das Lum, und Sylvia machte einen vorsichtigen Schritt zurück.

Aus den Schatten traten zwei große Spinnen hervor. Ihre langen, eleganten Beine bewegten sich lautlos über den Felsen, und ihre glänzenden, schwarzen Körper reflektierten das Licht des Lums. Die acht Augen der vorderen Spinne funkelten wie geschliffenes Onyx, während sie die Geschwister aufmerksam musterte.

„Besucher," sagte die vordere Spinne, ihre Stimme war ein leises Rascheln, das sich in den Wänden der Höhle verlor. „Und Lichtträger."

„Ihr seid anders als die Schatten, die diese Höhle sonst durchstreifen," fügte die zweite Spinne hinzu, ihre Stimme war sanft und fließend, wie das Tröpfeln von Wasser in der Dunkelheit.

Sylvia trat einen Schritt vor und hob ihr Kinn leicht an. Ihre Stimme war ruhig, aber klar. „Wir sind auf der Suche nach unserer Wahrheit," sagte sie. „Unsere Reise hat uns hierher geführt."

Die Spinnen tauschten einen langen Blick, ihre Bewegungen waren fast synchron. Dann senkte die erste Spinne ihren Kopf leicht, als ob sie nickte. „Die Wahrheit ist ein schweres Geschenk," sagte sie schließlich. „Nicht alle, die sie suchen, sind bereit, sie zu tragen."

„Doch ihr tragt ein Licht," ergänzte die zweite Spinne und neigte ihren Körper leicht zur Seite. „Vielleicht wird es euch den Weg weisen."

Die beiden Spinnen zogen sich langsam in die Dunkelheit zurück, ihre Bewegungen lautlos und fließend. Das Rascheln ihrer Beine verklang, und die Stille kehrte zurück, doch sie war nicht mehr leer. Sie war erfüllt von einer Erwartung, von einem Versprechen.

„Der Pfad führt bergauf," bemerkte Sylvia, als sie ihre Aufmerksamkeit wieder auf den Weg richtete. Ihre Schritte wurden sicherer, als sie die sanfte Steigung bemerkte. Die Kristalle an den Wänden funkelten intensiver, und das leise Dröhnen der Höhle wurde zu einem tiefen Pulsieren, das sie wie ein Herzschlag begleitete.

„Bergauf," murmelte Tobias und blickte nachdenklich auf die funkelnden Kristalle. „Vielleicht führt er uns zu etwas … Heiligem."

„Das tut er," sagte Nox und trat näher an Tobias heran. „In der Astralebene ist jeder Aufstieg ein Schritt näher zu einer höheren

Wahrheit. Doch vergesst nicht: Jeder Aufstieg fordert auch einen Preis."

Das Licht wurde heller und plötzlich veränderte sich die Atmosphäre der Höhle. Eine kühle Brise zog durch den Raum, und das Licht des Lums begann, in einer anderen Frequenz zu pulsieren. Die Wände schienen lebendiger zu werden, und ein leises, fast unhörbares Summen erfüllte die Luft. Es war kein Klang, den sie mit ihren Ohren hören konnten – es war ein inneres Hören, ein Gefühl, das sie durchströmte.

„Seht," flüsterte Sylvia und deutete nach vorne. „Da ist etwas."

## Kapitel 10: Mut und Zauberglaube

Die Dunkelheit der Höhle war allgegenwärtig, eine fast greifbare Präsenz, die Sylvia und Tobias umschloss. Doch diesmal fühlte sie sich anders an. Nicht wie eine Bedrohung, sondern wie eine Prüfung, ein Spiegel, der sich vor ihnen aufbaute und darauf wartete, dass sie hineinsahen. Jeder Atemzug schien schwerer, die Luft dicht, voller ungesagter Fragen. Es war, als ob die Höhle sie aufforderte, ihr Innerstes offenzulegen.

Das Lum in Tobias' Händen war wie ein Pulsieren, ein gleichmäßiger Takt, der nicht nur den Raum erhellte, sondern auch Mut spendete. Es war mehr als ein Licht – es war ein Begleiter, ein Teil von ihm. Doch auch das Lum schien zu fordern, es wollte nicht bloß getragen, sondern verstanden werden.

„Die Luft … sie fühlt sich an, als ob sie uns etwas sagen will," murmelte Sylvia. Ihre Stimme war leise, fast ein Flüstern, das von den steinernen Wänden verschluckt wurde. Sie hielt inne und legte eine Hand an die kühlen Kristalle, die in den Wänden eingebettet waren. Sie schimmerten schwach, als würden sie auf ihren Herzschlag reagieren.

„Sylvia," sagte Tobias, und seine Stimme war angespannt, „ich glaube, wir sind nicht allein."

Kaum hatte er die Worte ausgesprochen, bebte die Höhle leicht, als ob sie unter einem unsichtbaren Druck stand. Ein tiefes, uraltes Knurren erklang, gefolgt von einem Rauschen, das sich wie eine Lawine aus Schatten anfühlte. Tobias hob das Lum höher und dessen Licht prallte auf eine massive Gestalt, die sich aus der Dunkelheit erhob.

Die erste Wächtergestalt bestand aus grobem Fels, ihre Konturen rau und unfertig, doch ihre Präsenz war erdrückend. Ihre Augenhöhlen glühten in einem tiefen, schwelenden Rot, und jede Bewegung ließ die Wände erzittern. „Ihr tragt Licht," dröhnte eine Stimme, so tief wie das Grollen eines Donners. „Doch Licht allein reicht nicht aus. Es braucht ein Herz, das bereit ist, sich selbst zu sehen."

Noch während die Worte des Felswesens durch die Höhle hallten, kroch ein neues Geräusch aus den Schatten – ein scharfes, rhythmisches Kratzen. Aus dem Boden erhob sich eine weitere Wächtergestalt, schlanker, geschmeidiger, mit rankenden Adern aus Licht, die um ihren Körper pulsierten. Ihre Stimme war ein Flüstern, kaum hörbar, aber mit einer Intensität, die direkt ins Innere drang. „Das Herz ist ein Tor," sagte sie, „und Tore öffnen sich nur für die, die bereit sind, hineinzugehen."

Die Schatten an den Wänden lebten plötzlich auf, sie formten Bilder, Erinnerungen, die wie flüchtige Träume vor den

Geschwistern tanzten. Tobias sah sich selbst, allein in einem Raum, von Dunkelheit umgeben. Er spürte die Angst, das Gewicht der Einsamkeit, die ihn lähmte. Sylvia sah eine verschlossene Tür vor sich, die mit jedem Versuch, sie zu öffnen, ferner schien. Ihre eigene Unsicherheit war es, die sie zurückhielt, und sie wusste, dass sie der Schlüssel war – und gleichzeitig die Hürde.

„Das bin ich," flüsterte Tobias und spürte, wie seine Kehle eng wurde. „Das ist meine Angst."

„Und das ist meine," sagte Sylvia leise. Ihre Hand zitterte leicht, als sie die Bilder betrachtete, die sie nicht mehr verdrängen konnte.

„Eure Herzen sind voller Dunkelheit," sagte der Felsenwächter, „doch Dunkelheit ist keine Feindin des Lichts. Sie ist dessen Schatten, dessen Begleiter."

Tobias spürte das Gewicht der Feder der Erkenntnis, die er noch immer mit seinen Fingern vorsichtig festhielt, und das Licht, das von ihr ausging, schien die gesamte Höhle zu füllen. Die perlmuttfarbenen Reflexe dieser Feder tanzten über die Wände, und die Schatten wichen zurück, als ob sie die Präsenz der Feder fürchteten.

„Sylvia," sagte Tobias, und er reichte ihr die Feder. „Ich glaube, sie ist für dich."

Sylvia sah ihn überrascht an, doch in seinem Blick lag Vertrauen, und das gab ihr Mut. Sie nahm die Feder vorsichtig in die Hände, und in dem Moment, in dem sie sie berührte, durchflutete eine Welle von Wärme ihren Körper. Sie schloss die Augen, und vor ihrem inneren Blick erschien wieder die verschlossene Tür. Doch diesmal war sie nicht allein. Sie spürte eine Kraft in sich, die stärker war als die Angst. Mit einem tiefen Atemzug drückte sie die Klinke herunter – und die Tür öffnete sich.

„Die Dunkelheit gehört zu mir," flüsterte sie, als sie die Augen wieder öffnete. „Aber sie definiert mich nicht. Sie ist nur ein Teil von mir, wie das Licht."

Die Wächter betrachteten Sylvia mit ihren leuchtenden Augen, und das Leuchten wurde sanfter und wärmer. Ihre massiven Formen begannen, sich in die Schatten zurückzuziehen, die sie hervorgebracht hatten.

„Ihr habt die erste Wahrheit erkannt," sprach der Felsenwächter. „Mut ist nicht die Abwesenheit von Angst, sondern die Entscheidung, trotz der Angst zu handeln."

„Euer Licht wird euch führen," fügte die zweite Gestalt hinzu. „Doch denkt daran: Die größte Prüfung liegt noch vor euch."

Die Gestalten verschmolzen mit den Wänden der Höhle, und die Schatten wurden still. Doch die Dunkelheit fühlte sich nicht mehr feindselig an. Sie war ein Teil des Raumes, wie die Stille nach einem Lied.

Tobias betrachtete die Feder in Sylvias Händen und spürte das Lum in seiner. „Es fühlt sich an, als hätten wir etwas gewonnen," sagte er leise. „Aber ich weiß noch nicht, was."

„Das werdet ihr bald herausfinden," sagte Nox und trat neben sie. Seine Augen leuchteten, doch seine Stimme war ernst. „Die Höhle hat euch geprüft, aber sie hat noch nicht alles offenbart."

Während Sylvia mit größter Vorsicht und Sorgfalt die Feder der Erkenntnis in ihre Tasche verstaute, schauten sie mit einem letzten Blick auf die Wände, die jetzt in sanftem Licht glühten. Die beiden Geschwister traten nun weiter in die Tiefen der Höhle. Das Licht des Lums führte sie, und in ihren Herzen wussten sie, dass der Weg, den sie gingen, mehr war als nur eine Reise. Es war eine Entdeckung – ihrer selbst und der Wahrheit, die sie suchten.

## Kapitel 11: Kristalle und Schattenlichter

Die Dunkelheit der Höhle pulsierte mit einer stillen, fast spürbaren Energie. Sie schien zu atmen, sich zu bewegen, als ob sie lebendig war und alles umschloss. Sylvia und Tobias gingen vorsichtig, jeder Schritt von den Schatten verschluckt. Das Lum in Tobias' Hand war ihr Anker – ein stetiges Pulsieren, das gegen die Dunkelheit ankämpfte, sie herausforderte. Doch auch dieses Licht schien von der Höhle geprüft zu werden, als suchte sie nach seiner Stärke.

Ein leises Knistern durchbrach die Stille. Es war sanft, kaum mehr als das Flüstern von Flügeln, die gegen Felsen schlugen. Sylvia griff nach Tobias' Hand, ihr Herz schlug schneller. „Hast du das gehört?" flüsterte sie, ihre Stimme kaum lauter als der Wind, der durch die Höhle zog.

Noch bevor Tobias antworten konnte, erhellte das Lum einen Teil der Höhle, und etwas trat aus dem Schatten hervor. Es war ein Käfer – aber kein gewöhnlicher Käfer. Sein Panzer schimmerte in tiefen Blautönen, durchzogen von filigranen Mustern, die im Licht leise glommen. Seine Flügel, halb geöffnet, erinnerten an hauchdünnes, gold- und silber gesprenkeltes Pergament, das die

Farben des Lums reflektierte und tanzende Schatten an die Wände warf. Sein Geweih bestand aus schimmerndem Kristall, das das Licht in funkelnden Regenbogenfarben brach.

„Er sieht wie ein Skarabäus aus, aber irgendwie auch nicht," flüsterte Tobias ehrfürchtig, seine Augen weiteten sich vor Staunen. „Irgendwie … anders."

Weitere sechs dieser prächtigen Wesen traten aus der Dunkelheit, jedes ein Meisterwerk aus Licht und Schatten. Ihre Panzer funkelten in tiefem Grün, Blau und Gold, verziert mit Mustern, die sich bei jeder Bewegung veränderten, als würden sie eine verborgene Sprache sprechen. Die Geweihe aus Kristall warfen glitzernde Reflexionen an die Wände, und die Luft um sie herum schien mit einer neuen Energie zu vibrieren.

Einer der Käfer, größer und majestätischer als die anderen, trat vor. Seine Augen, tief und leuchtend wie geschmolzenes Gold, fixierten Sylvia und Tobias. „Ihr tragt das Licht," sprach er, seine Stimme hallte wie ein fernes Echo durch die Höhle. „Es hat euch zu uns geführt."

„Das Licht ist stark, und das Herz ist mutig," fügte ein zweiter Käfer hinzu, dessen Panzer mit silbrigen Linien verziert war, die wie eine Sternenkarte wirkten. „Doch der Pfad, den ihr gewählt habt, ist nicht einfach. Ihr werdet geprüft werden."

„Wer … wer seid ihr?" fragte Sylvia, ihre Stimme zitterte leicht, doch sie hielt dem Blick des ersten Käfers stand.

„Wir sind die Wächter der Schattenlichter," antwortete der große Käfer. „Wir geleiten jene, die das Licht tragen, zu einem Ort, an dem die Dunkelheit nicht länger bedrohlich ist, sondern Teil des Ganzen wird."

Die Käfer teilten sich und enthüllten einen Pfad, der tiefer in die Höhle führte, steil bergauf, wie eine Passage zu einer höheren, heiligeren Ebene. Der größte von ihnen trat wieder vor, sein kristallenes Geweih funkelte wie ein lebendiger Regenbogen. „Der Weg ist lang und voller Prüfungen," sagte er mit einer Stimme, die wie das Klingen von Glocken klang. „Doch wir bieten euch an, euch zu tragen, kleine Wanderer. Unsere Rücken sind sicher, und unser Licht wird euch führen."

Tobias' Augen funkelten vor Aufregung. „Dürfen wir wirklich auf euch reiten?" fragte er ungläubig.

„Steigt auf," sagte der Käfer sanft. „Unsere Flügel werden euch tragen, und unser Licht wird den Pfad erhellen."

Vorsichtig kletterten Sylvia und Tobias auf die breiten Rücken der Käfer. Ihre Sitze waren überraschend stabil, und die leuchtenden Muster der Panzer schienen auf ihre Anwesenheit zu reagieren. Die kristallinen Geweihe wölbten sich schützend über ihren Köpfen, und die Schatten um sie herum begannen sich zu verändern.

Als die Käfer sich in Bewegung setzten, geschah etwas Magisches: Ihre Flügel öffneten sich, und eine leuchtende Spur aus Licht und Runen floss hinter ihnen her. Die Höhle begann zu glimmen, die Kristalle an den Wänden reflektierten die tanzenden Muster, und das Rauschen der Höhle wurde lauter. Die Schatten selbst formten sich zu tanzenden Wesen aus reiner Energie – die Schattenlichter.

„Was ist das?" fragte Sylvia, ihre Stimme erfüllt von Ehrfurcht.

„Die Erinnerungen der Höhle," antwortete der größte Käfer, ohne sich umzudrehen. „Fragmente jener, die vor euch hier waren, und

Visionen dessen, was noch kommen mag. Sie sind das Gedächtnis dieses Ortes."

Über ihnen ertönte ein leises Rascheln, und Minerva, die weise Eule, glitt lautlos aus dem Schatten herab. Ihre Schwingen breiteten sich aus wie ein purpurner Schleier, und sie landete elegant auf einem Vorsprung. „Ihr tragt das Licht," sagte Minerva, ihre goldenen Augen funkelten im Widerschein der Schattenlichter. „Doch Licht allein reicht nicht. Ihr müsst die Dunkelheit umarmen, um den Weg zu erkennen."

Die Käfer nickten, ihre Geweihe funkelten sanft. „Die Dunkelheit ist nicht euer Feind," sagte der große Käfer. „Sie ist der Spiegel, in dem ihr euer wahres Licht erkennt."

Die Gruppe bewegte sich weiter, begleitet von Minervas lautlosen Flügelschlägen und dem mystischen Leuchten der Schattenlichter. Das Lum in Tobias' Hand pulsierte, und das Licht schien mit den Schatten zu tanzen, als ob beide Kräfte miteinander verschmolzen.

Die Höhle öffnete sich weiter, der Pfad führte steil bergauf, und die Wände schienen heller und lebendiger. Die Muster an den Wänden bewegten sich, und das sanfte, glitzernde Geräusch der Käferfüße auf dem Stein war wie eine Melodie, die den Weg wies. Sie waren ihrem Ziel näher als je zuvor, doch die wahre Prüfung lag noch vor ihnen – in der Dunkelheit, die darauf wartete, offenbart zu werden.

## Kapitel 12: Der Wächter der Höhle

Die majestätischen Käfer trugen die Beiden sicher durch die immer weiter werdenden Tunnel der Höhle. Airi schwebte neben ihnen, mit einem sanften Leuchten, das wie ein schützender Nebel die Dunkelheit durchbrach. Hinter ihnen saß Nox lässig auf einem der Käferpanzer, seine Beine baumelten über den Rand, während er leise eine Melodie summte.

„Wenn das hier ein Boot wäre," begann Nox, „würde ich Kapitän werden und die sieben Astralmeere bereisen! Ein Käferschiff – wie klingt das?" Seine Stimme hallte in der Höhle wider, und Sylvia lachte, während Tobias ein Grinsen nicht unterdrücken konnte. Selbst die Käfer schienen Nox' Worte zu verstehen – ihre kristallinen Geweihe funkelten im Licht des Lums, als ob sie vor Belustigung schimmerten.

Dann waren sie angekommen, und die Gruppe fand sich in einer gewaltigen, lichtdurchfluteten Höhle wieder. Sie hielt inne, überwältigt von der Schönheit des Anblicks.

Die Haupthöhle war ein Raum wie aus einem Traum. Überall glommen Kristalle in tiefem Grün, sanftem Blau und strahlendem Gold. Ihre reflektierten Farben tanzten wie lebendige Schattenlichter über die glatten Wände. Der Boden war von leuchtenden Adern durchzogen, die sich wie die Wurzeln eines Baumes ausbreiteten, pulsierend und voller Energie. Es war, als ob die Höhle selbst einen lebendigen Puls besaß, fühlbar in der kühlen, klaren Luft.

„Es ist unglaublich," flüsterte Sylvia, ihre Augen weit geöffnet vor Ehrfurcht. „Es fühlt sich an, als würde die Höhle uns beobachten."

Doch bevor sie weiterreden konnte, spürte Tobias eine Bewegung im Schatten. Es war nur ein Flüstern, ein Hauch von Bewegung, der die Stille durchbrach. Langsam trat eine Gestalt aus der Dunkelheit.

Ein Fuchs.

Nyxian war kein gewöhnlicher Fuchs. Sein Fell schimmerte wie flüssiges Kupfer und Bernstein, durchzogen von feinen silbernen Linien, die bei jeder Bewegung aufleuchteten. Seine Augen, leuchtend und tief wie flüssiges Gold, strahlten eine Energie aus, die die Dunkelheit durchbrach und das Gefühl von Geheimnissen in sich trug. Nyxian war von beeindruckender Größe, fast so groß wie ein Wolf, und seine Bewegungen hatten eine Anmut, die an einen lautlosen Fluss erinnerte.

„Willkommen," sprach der Fuchs mit einer tiefen, klaren Stimme, die wie das Flüstern eines nächtlichen Waldes klang. „Ich bin Nyxian, Hüter der Nacht und des Geheimnisvollen, Beschützer der Schatten und Wächter dieser Höhle."

Seine Worte hallten durch den Raum, und Sylvia und Tobias spürten eine ehrfurchtsvolle Stille um sich. Nyxians Präsenz war überwältigend, doch sie hatte auch etwas Beruhigendes, etwas, das wie eine Einladung klang.

„Nyxian," flüsterte Sylvia, als sie seinen Namen hörte. Das Wort schien eine eigene Magie zu haben, es vibrierte in der Luft, als wäre es mehr als nur ein Name. Es war ein Versprechen – eine Verbindung zwischen Licht und Dunkelheit, Tag und Nacht.

Der Fuchs trat näher, sein Blick war warm und doch durchdringend. „Seit unzähligen Jahren wache ich hier," begann er. „Diese Höhle ist ein Übergang, eine Brücke zwischen den

Welten. Sie verbindet die Dunkelheit des Unbekannten mit dem Licht der Erkenntnis. Ich bin der Hüter dieser Brücke, der Begleiter jener, die mutig genug sind, ihren Schatten zu begegnen."

Seine goldfarbenen Augen ruhten auf Sylvia und Tobias, und sie fühlten sich, als ob er direkt in ihre Gedanken sehen könnte. „Nur wer die Dunkelheit nicht fürchtet, sondern als Teil des Ganzen erkennt, kann diese Brücke überqueren," sagte Nyxian mit ruhiger Bestimmtheit.

Tobias spürte, wie das Lum in seiner Hand pulsierte. Es war warm, ein Trost inmitten der überwältigenden Präsenz des Fuchses. Sylvia fühlte ein leichtes Kribbeln in ihrer Brust, als ob ihr Herz selbst aufgerufen wurde, zu antworten.

„Wir suchen nicht, um zu nehmen," sagte Sylvia schließlich mit fester Stimme. „Wir suchen, um zu verstehen. Um die Wahrheit in uns und das Herz von Chrysopasia zu finden."

Nyxian nickte, und ein leises Lächeln spielte um seine Lippen. „Eure Worte tragen Wahrheit in sich," sagte er. „Doch die Wahrheit allein genügt nicht. Es ist euer Mut, das Licht und die Dunkelheit gleichermaßen anzunehmen, das euch führen wird."

Der Fuchs trat zur Seite, und ein neuer Weg öffnete sich. Die Kristalle entlang der Wände leuchteten heller, und die pulsierenden Lichtadern am Boden führten noch tiefer in die Höhle hinein. Es war eine Einladung, weiterzugehen – eine Herausforderung, die nächsten Schritte zu wagen.

„Jeder Schritt bringt euch näher an das Herz der Nacht, des Tages und von Chrysopasia," sagte Nyxian, seine Stimme klang wie ein sanfter Wind, der durch die Bäume strich. „Doch erinnert euch: Die Dunkelheit ist kein Feind. Sie ist ein Spiegel, in dem ihr euer Licht erkennt."

Tobias und Sylvia verneigten sich leicht vor dem majestätischen Wächter. „Danke, Nyxian," sagte Tobias leise. „Wir werden das Licht bewahren.

Nyxian nickte erneut, und mit einem eleganten Schritt verschwand er im Schatten. Sein schimmerndes Fell verschmolz mit den Farben der Höhle, bis er nicht mehr zu sehen war.

Die Geschwister folgten dem neuen Pfad, das Lum in Tobias' Hand strahlte heller, als ob es ihren Mut stärkte. Lumira schwebte still neben ihnen, während Nox einen frechen Kommentar über Füchse murmelte, der die Spannung für einen Moment auflockerte.

Die Höhle fühlte sich nun lebendiger an als je zuvor, das Flüstern der Lichtadern und das Summen der Kristalle erfüllten die Luft. Die Schatten, die zuvor bedrohlich gewesen waren, wirkten jetzt wie Begleiter – stumme Zeugen einer Reise, die die Geschwister auf eine Weise veränderte, die sie noch nicht ganz begreifen konnten.

Ihr Ziel war nah. Doch was sie am Ende dieses Pfades erwartete, würde die letzte Prüfung sein – die Begegnung mit dem Herzen von Chrysopasia selbst.

## Kapitel 13: Das Spiel der Lichtpartikel

Die Dunkelheit der Höhle begann sich in ein neues Schauspiel zu verwandeln. Zuerst waren es nur winzige Funken, die am Rand ihres Blickfeldes tanzten – kleine, schimmernde Punkte aus Licht, die flüchtig aufflackerten, als ob sie mit der Dunkelheit spielten. Doch mit jedem Schritt, den Sylvia und Tobias tiefer in die Höhle wagten, wurde das Licht intensiver. Bald schien die Höhle selbst zu atmen, lebendig in einem stillen Rhythmus, der von den unzähligen Lichtpartikeln orchestriert wurde.

Die Partikel waren keine starren Formen. Sie wirbelten wie hauchzarte Nebelwirbel durch die Luft, in Tönen von tiefem Blau, strahlendem Silber und glühendem Gold. Ihre Bewegungen zogen leuchtende Bahnen, die sich in der Dunkelheit verflochten und ein schimmerndes Netz formten. Es war mehr als nur Licht – es war, als ob jedes Partikel ein eigenes Wesen war, ein winziger Stern, der Geschichten flüsterte.

„Sieh nur, Tobias," flüsterte Sylvia, ihre Stimme war voller Ehrfurcht. „Es ist, als ob die Höhle lebt."

Tobias nickte stumm, seine Augen hafteten an den tanzenden Partikeln. Ihre Bewegungen schienen nicht zufällig zu sein; sie folgten einer unsichtbaren Melodie, einem Rhythmus, der durch die Stille der Höhle hallte. Einige der Partikel blieben an den Wänden hängen und zeichneten glühende Muster – Bilder von Sternen, von wirbelnden Galaxien und von Formen, die wie uralte Symbole wirkten. Andere schwebten um Sylvia und Tobias, als ob sie die beiden willkommen heißen wollten.

„Sie führen uns," sagte Tobias schließlich. Seine Stimme klang leise, fast als wollte er die Melodie der Partikel nicht stören.

Ein einzelnes Lichtpartikel, strahlend in einem intensiven Blau, schwebte näher an Sylvia heran. Es pulsierte sanft, wie ein Herzschlag, und für einen Moment hatte Sylvia das Gefühl, dass es sie ansah. Eine tiefe, innere Wärme breitete sich in ihr aus, als ob das Partikel mit ihrer Seele sprach. War es ein Seelen-Orb – Ein Geistwesen? Dann zog es sich wieder langsam zurück, schwebte in sanften Bögen davon und hinterließ eine leuchtende Spur. Die anderen Lichtpartikel folgten ihm, und bald formten sie einen lebendigen Strom, der durch die Höhle zog.

Die Geschwister folgten dem leuchtenden Pfad, ohne zu zögern. Die Luft um sie herum war erfüllt von einem sanften Klingen, wie der leise Klang von Glocken, gemischt mit melodischen Säuseln. Mit jedem Schritt schien die Atmosphäre sich zu verändern: Die Wände der Höhle begannen, das schier unglaublich wirkende Licht der Partikel zu reflektieren, und die Muster wurden klarer. Es war, als ob die Höhle Geschichten erzählte – Geschichten von Sternen, Wäldern und uralten Geheimnissen.

„Die Höhle spricht zu uns," flüsterte Sylvia, als sie die filigranen Muster an den Wänden betrachtete. „Aber ich glaube, sie spricht nicht mit Worten, sondern mit Bildern."

Die Partikel schwebten weiter, ihr Tanz wurde langsamer und konzentrierter. Sie formierten sich zu einem Kreis und begannen, in sanften Spiralen auf- und abzusteigen. Ihre Bewegungen waren so perfekt synchronisiert, dass sie wie ein lebendiges Kunstwerk wirkten – eine tanzende Blume, die aus Licht und Energie gewebt war.

Sylvia und Tobias blieben stehen, fasziniert von dem Schauspiel. Das Lum in Tobias' Hand begann, in einem sanften Einklang mit den Lichtpartikeln zu pulsieren. Es war, als ob das Licht in seiner Hand ein Teil des Tanzes wurde, eine Stimme in der stillen Symphonie.

„Es ist wunderschön," sagte Sylvia leise, und Tobias nickte, unfähig, seine Augen abzuwenden. Es war ein Moment reiner Magie, ein Moment, in dem sie spürten, dass sie nicht nur Zuschauer waren, sondern Teil dieses lebendigen Spiels.

Plötzlich wurde das Licht der Partikel noch viel intensiver als es eh schon war. Ihr Tanz beschleunigte sich, und der sanfte Klang wurde zu einem crescendoartigen Summen. Dann teilte sich der Schwarm, und die Lichtpartikel zogen sich an die Wände der Höhle zurück. Dort formten sie einen leuchtenden Bogen, der von pulsierendem Licht umrahmt war. In der Mitte des Bogens war ein schimmernder Durchgang zu erkennen – ein Portal, das aus reinem Licht gewebt schien.

„Das ist es," flüsterte Tobias, und seine Stimme bebte vor Staunen. „Sie zeigen uns den Weg."

Das blaue Seelen-Orb, das zuerst zu ihnen gekommen war, schwebte erneut näher. Es drehte sich spielerisch um die beiden, bevor es zum Bogen zurückkehrte und darin verschwand. Es war eine stille Einladung.

„Ich glaube, wir sollen ihm folgen," sagte Sylvia. Ihre Stimme war fest, aber in ihren Augen lag ein Funkeln von Neugier und Ehrfurcht.

Hand in Hand traten die Geschwister auf den leuchtenden Bogen zu. Das Licht der Partikel wurde heller, und die Melodie, die sie begleitet hatte, erreichte einen sanften Höhepunkt. Es war ein Moment, der sich aus der Zeit herauszuheben schien – ein

Moment, in dem sie spürten, dass sie nicht nur die Dunkelheit der Höhle hinter sich ließen, sondern auch einen Teil ihrer eigenen Ängste.

Als sie den Bogen durchschritten, umfing sie eine Welle aus Licht und Wärme. Die Dunkelheit, die sie zuvor umgeben hatte, löste sich auf, und sie fanden sich in einer neuen Welt wieder, einer Welt, die von einem leuchtenden Netz aus Licht und Schatten durchzogen war. Die Lichtpartikel tanzten weiter, führten sie tiefer in das Unbekannte.

Sie waren ihrem Ziel näher gekommen – doch sie wussten, dass dies nur der Anfang einer neuen Wahrheit war.

# Kapitel 14: Das Herz von Chrysopasia

Die Höhle pulsierte mit einer Energie, die Sylvia und Tobias durchdrang, als ob sie von einer uralten, lebendigen Präsenz umgeben wären. Es war kein Ort des Stillstands, sondern einer, der atmete, vibrierte und fühlte. Die Luft war schwer, durchdrungen von einem Duft nach feuchtem Moos, uraltem Holz und einer Spur von Blüten, die nicht zu sehen waren, aber ihre Sinne umhüllten wie ein leises Versprechen.

Sylvia strich mit den Fingerspitzen über die Wände. Sie fühlten sich an wie geschmeidiger, atmender Stein – mal warm wie von Sonnenstrahlen erwärmt, mal kalt wie tiefster Winterfrost. Ihre Augen suchten Tobias, und für einen Moment begegneten sich ihre Blicke voller Ehrfurcht. Beide wussten, dass dies kein gewöhnlicher Ort war. Tobias, dessen Lum sanft in seinen Händen pulsierte, flüsterte: „Die Höhle lebt."

Die Lichtpartikel, die sie begleiteten, hatten sich verändert. Wo sie zuvor spielerisch und frei umher tanzten, bewegten sie sich nun in geordneten Bahnen, als ob sie einer unsichtbaren Symphonie folgten. Sie zogen goldene und silberne Linien in die Dunkelheit, die ein kompliziertes Netz formten, fast wie eine Karte aus Licht. Sylvia beobachtete fasziniert, wie die Spiralen enger wurden und die Wände mit leuchtenden Mustern überzogen.

„Sie führen uns," sagte Tobias, seine Stimme war leise, aber voller Entschlossenheit. „Doch wohin genau?"

Die Kammer begann zu reagieren. Die Wände flimmerten, und Schatten, die zuvor stumm gewesen waren, erhoben sich zu tanzenden Formen. Gesichter erschienen im Stein – nicht bedrohlich, sondern ernst, prüfend. Manche lächelten sanft, andere schienen Weisheit auszustrahlen, die die Geschwister durchdrang. Ein tiefes Summen erfüllte die Kammer, vibrierte in der Luft und ihren Körpern. Es war kein gewöhnlicher Klang, sondern eine Botschaft, die durch ihre Herzen wanderte und Emotionen hervorrief, die die Worte nicht erfassen konnten.

Sylvia spürte, wie sich ihr Herz mit einer Mischung aus Ehrfurcht und Trauer füllte. Die Höhle schien in ihre Gedanken zu greifen, ihre Erinnerungen aufzudecken und in Licht zu verwandeln. Sie sah ihre Kindheit vor sich, die Momente des Lachens und des Verlustes, die sie geprägt hatten. „Ich fühle sie," flüsterte sie, Tränen liefen ihre Wangen hinab. „Die Ahnen ... sie sind hier."

Tobias hingegen fühlte eine Welle von Unsicherheit, die ihn fast überwältigte. Die Bilder, die vor ihm aufstiegen, waren eine Mischung aus Mut und Zweifel. „Was erwarten sie von uns?" fragte er, seine Stimme bebte, doch er blieb fest an Sylvia's Seite.

Die Lichtpartikel zogen sich zu einem Strudel zusammen, der in der Mitte der Kammer pulsierte. Silber und Gold verschmolzen zu einer massiven Spirale, die immer schneller wurde. Die Wände begannen zu beben, und die Temperatur schwankte von beißender Kälte zu intensiver Wärme. Die Kammer selbst schien ihre Grenzen zu verlieren, während Schatten und Licht wie ein lebendiges Mandala um die Geschwister tanzten.

Die Wände der Höhle schienen zu flüstern, eine Melodie aus Tönen, die so alt waren wie die Erde selbst. „Licht und Dunkelheit, Silber und Gold. Leben und Tod. Das Herz von Chrysopasia ist euer Spiegel," schien die Stimme zu sagen.

Die sieben Käfer, die bisher still im Halbkreis gestanden hatten, begannen sich nun zu bewegen. Ihre Flügel öffneten sich langsam, und das Brummen, das sie erzeugten, wurde lauter, intensiver. Es war kein normales Geräusch – es war ein Klang, der die gesamte Kammer erfüllte und die Luft zum Vibrieren brachte. Die Flügel schlugen im gleichen Rhythmus wie die Spirale aus Licht, und das Brummen wurde so stark, dass es den Beiden in ihren Ohren dröhnte.

Sylvia presste ihre Hände auf ihre Ohren, doch es half nichts. „Tobias, ich halte das nicht aus!" schrie sie, ihre Stimme war voller Panik.

Tobias stand stocksteif, seine Hände zitterten. „Ich … weiß nicht, was wir tun sollen," stammelte er. Seine Augen waren weit aufgerissen, und er blickte verzweifelt zu den Käfern, die nun im Kreis tanzten, ihre Geweihe leuchteten wie Flammen.

„Bleibt ruhig!" Nox' Stimme brach wie ein Donnerschlag durch die Kammer. Der Kobold war in die Mitte des Kreises getreten, seine Augen funkelten vor Entschlossenheit. „Das ist die Prüfung," sagte er, seine Stimme wurde tiefer und ruhiger. „Ihr müsst eure Angst loslassen. Das Licht und die Dunkelheit in euch selbst müssen sich begegnen."

Nox hob die Hände, und das Summen der Käfer wurde noch intensiver. Die Luft schien auf seinen Befehl zu warten, während er mit einer lauten und hypnotischen Stimme sprach, welche die gesamte Kammer erfüllte:

*„Durch Liebe geführt, aus Licht geboren,*
*Entfalte das Herz, das im Reinen erkoren.*
*Im Tanz der Käfer, im Schimmer der Pracht,*
*Wird Licht aus Funken zum Leben erwacht.*
*Im Glanz der Flügel, im Wirbeln der Macht,*
*Vereine das Herz, das alles entfacht.*
*Durch Hingabe strahlt, was ewiglich bleibt,*
*Erhelle den Kristall, der das Leben schreibt."*

Nox klatschte in seine Hände, und der Schall hallte mit einer fast nicht mehr auszuhaltenden Lautstärke von den Höhlenwänden wider. Insgesamt klatschte er 7x in seine Hände und mit jedem einzelnen Schall löste sich ein Käfer auf. Der erste explodierte in Millionen von Lichtpartikeln, die in die Spirale aus Licht gezogen wurden. Beim zweiten Schall verschmolz ein weiterer mit dem Strudel, der nun noch heller leuchtete. Mit jedem weiteren Klatschen intensivierte sich dieses Licht, bis die Kammer in einem gleißenden Glanz erstrahlte.

Beim siebten und letzten Klatschen hielt die Spirale inne – für einen einzigen, atemberaubend stillen Moment. Dann begannen die Lichtlinien, sich in der Mitte der Kammer zu sammeln. Dort entstand eine leuchtende Kugel aus purer Lichtenergie, deren Oberfläche wie ein Herz pulsierte. Ihre Farben veränderten sich ständig, und in ihrem Inneren formte sich ein Kern, der heller strahlte als alles um ihn herum.

Die Kugel pulsierte schneller, ihr Licht wurde so intensiv, dass es die Geschwister blendete. Mit einem letzten, ohrenbetäubenden Knall zerbarst die Kugel, und in der Mitte der Kammer schwebte nun der Kristall – das Herz von Chrysopasia.

Seine Facetten funkelten in allen Farben des Regenbogens, und aus seinem Inneren strahlte eine Energie, die älter war als die Welt. Sylvia und Tobias standen still, überwältigt von der Schönheit und der Kraft dieses Moments. Es war, als ob der Kristall direkt zu ihnen sprach, ihnen eine Wahrheit offenbarte, die sie tief in sich spürten, aber noch nicht vollständig verstanden.

„Das Herz des Waldes," sagte Nox, seine Stimme war voller Ehrfurcht. „Es ist kein Ort. Es ist ein Zustand. Eine Wahrheit, die ihr in euch tragt."

Sylvia und Tobias sahen sich an, ihre Augen waren voller Staunen und Erkenntnis. Sie spürten, dass sie nicht nur Zeugen eines Wunders waren, sondern Teil davon – eine Brücke zwischen Licht und Dunkelheit, Vergangenheit und Zukunft.

## Kapitel 15: Das Glitzern der tausend Kristalle

Die Kammer, in die Sylvia und Tobias eintraten, schien aus einem anderen Gefüge der Wirklichkeit gewebt zu sein. Die Luft war dicht, beinahe greifbar, durchzogen von winzigen, glitzernden Partikeln, die wie eine stille Symphonie in der Dunkelheit schwebten. Jeder Schritt, den sie machten, ließ die Wände der Höhle leicht vibrieren, als ob der Ort sie mit jeder Bewegung wahrnahm.

Vor ihnen erhob sich der Hauptkristall. Er war kein unbelebtes Objekt, sondern eine lebendige Präsenz, die mit der Höhle und der Energie von Chrysopasia verschmolzen war. Seine Facetten reflektierten ein Licht, das gleichzeitig weich und alles durchdringend war. Es war, als ob jede Farbe, jeder Funken von ihm eine Botschaft trug, eine Erinnerung aus vergangenen Epochen oder eine stille Prophezeiung der Zukunft.

„Es lebt," flüsterte Tobias, seine Stimme war kaum mehr als ein Hauch, der im Raum verhallte. Er trat näher, seine Augen weit geöffnet vor Ehrfurcht. „Der Kristall ... er fühlt."

Sylvia nickte stumm. Sie konnte nicht sprechen. Ihre Hände zitterten leicht, während sie sich dem Kristall näherte, der wie ein atmendes Herz inmitten des Raumes pulsierte. Die Luft um sie herum summte mit einer tiefen, vibrierenden Melodie, die sie nicht nur hörten, sondern in ihren Körpern spürten. Es war ein

Klang, der direkt mit ihrem Inneren sprach, ihre tiefsten Gedanken und Gefühle berührte.

Die kleineren Kristalle, die die Wände der Kammer säumten, begannen zu leuchten. Ihr Licht war zunächst schwach, fast schüchtern, doch mit jedem Puls des Hauptkristalls wurde es stärker. Sie antworteten auf seine Energie, sangen im Einklang mit dem Rhythmus, den er vorgab. Es war ein Lied des Waldes, ein Lied von Ewigkeit und Wandel.

„Spürst du es?" fragte Sylvia leise, ihre Augen schimmerten im Licht, das die Kammer erfüllte. „Es ist, als würde er mit uns sprechen, Tobias. Als ob er uns einlädt."

Tobias nickte, unfähig, Worte zu finden. Er hob seine Hand, und ein einzelnes Lichtpartikel schwebte direkt auf ihn zu. Es war winzig, doch sein Glanz war so intensiv, dass es den Raum um ihn herum erleuchtete. Als es seine Finger berührte, spürte er eine Wärme, die ihn durchströmte – sanft, beruhigend und doch voller Kraft.

„Es fühlt sich an wie … Leben," flüsterte er. „Reines Leben."

Die Lichtpartikel in der Luft begannen, sich schneller zu bewegen. Ihre Bahnen wurden komplizierter, formten Spiralen und Kreise, die wie lebendige Muster die Dunkelheit durchbrachen. Die Kammer selbst schien zu reagieren. Die Wände glommen auf, und die Farben, die von den Kristallen ausgingen, veränderten sich ständig, als ob sie mit den Lichtpartikeln tanzten. Es war ein Spektakel, das zugleich magisch und spirituell war, ein Ausdruck der Verbindung zwischen allem, was war, ist und sein wird.

Die Energie in der Kammer wuchs, und Sylvia spürte, wie sie durch ihre Adern strömte. Es war keine bedrohliche Kraft, sondern eine Präsenz, die sie aufforderte, sich zu öffnen und ihre Zweifel loszulassen. Sie schloss die Augen, und für einen Moment hatte sie das Gefühl, sie sei nicht mehr nur Sylvia, sondern ein Teil von etwas Größerem – eine Essenz, die mit dem Wald, den Sternen und dem Universum verbunden war.

„Es ist, als ob er uns ruft," sagte Tobias, der das gleiche Gefühl hatte. „Als ob wir Teil von ihm sind."

Die Lichtpartikel schwebten nun dichter um den Hauptkristall. Ihre Bewegungen waren nicht mehr zufällig, sondern folgten einem Rhythmus, der so alt war wie die Welt selbst. Sie bildeten ein Muster, das an ein riesiges Mandala erinnerte, ein lebendiges Kunstwerk aus Licht und Energie. Die Kammer vibrierte mit einem tiefen, brummenden Ton, der immer intensiver wurde.

Die unzähligen Lichtpartikel, die die Geschwister zuvor begleitet hatten, kehrten zurück und schwebten in einer synchronisierten Choreografie um das Mandala aus Licht. Ihre Bewegungen waren wie ein Tanz, ein Ritual, das seit Äonen wiederholt wurde. Ihr Licht bildete eine Brücke zwischen den Geschwistern und dem Hauptkristall, eine Verbindung, die sie direkt ins Zentrum der Kammer zog.

„Sie wollen, dass wir ... eintreten," sagte Sylvia zögernd, ihre Stimme war voller Ehrfurcht.

„Ich spüre keine Gefahr," antwortete Tobias. „Nur ... Wahrheit."

Die Geschwister gingen Hand in Hand näher, und die Energie um sie herum wurde so stark, dass sie beinahe erdrückend war. Doch sie fühlten keine Angst. Der Hauptkristall pulsierte, sein Licht wurde intensiver, und als sie vor ihm standen, begann eine Stimme zu sprechen. Es war keine menschliche Stimme, sondern ein Flüstern, das direkt in ihre Herzen drang.

„Ihr seid nicht hier, um zu nehmen," sagte die Stimme. „Ihr seid hier, um zu erinnern. Um zu verstehen."

Sylvia spürte Tränen, die ihre Wangen hinab liefen. „Wir sind bereit," sagte sie leise.

Das Licht des Kristalls wurde zu einem Strahl, der die gesamte Kammer durchdrang. Die Farben tanzten, die Klänge verschmolzen zu einer einzigen, überwältigenden Melodie, und die Geschwister spürten, wie sie von dieser Energie durchflutet wurden. Es war, als ob der Wald selbst sie in seinen Armen hielt, sie mit seiner Weisheit und seinem Leben erfüllte.

Und dann – Stille.

Das Licht verblasste, die Klänge verebbten, und die Kammer wurde ruhig. Der Kristall ruhte wieder, doch seine Präsenz war tief in den Herzen der Geschwister verankert. Sie fühlten, dass sie nicht mehr dieselben waren wie zuvor. Sie hatten etwas erfahren, das Worte nicht beschreiben konnten – eine Wahrheit, die sie mit sich tragen würden, wohin auch immer sie gingen.

„Es ist vorbei," sagte Tobias schließlich, seine Stimme war leise, aber fest.

Sylvia nickte, ihre Augen glänzten. „Nein!" sagte sie. „Es hat gerade erst begonnen."

## Kapitel 16: Ein Geschenk aus Licht

Das goldene Leuchten des Hauptkristalls, dass die Kammer wie ein sanfter Atem erfüllte, schien sich zu verdichten. Es zog die Aufmerksamkeit der Geschwister unwiderstehlich zu einer Nische in der Felswand. Dort, in einem Bett aus glitzerndem Nebel, ruhte ein Edelstein, dessen Schönheit jegliche Vorstellungskraft übertraf. Sein tiefblaues Schimmern erinnerte an die unendliche Weite des Nachthimmels, durchzogen von silbernen Linien, die wie zarte Sternbilder seine Oberfläche zierten.

Sylvia und Tobias hielten den Atem an. Es war, als ob der Stein lebendig wäre, als ob er sie beobachtete. Das Licht, das er ausstrahlte, war sanft und doch so kraftvoll, dass es die Dunkelheit der Kammer zurück drängte und einen friedlichen, beinahe heiligen Raum schuf.

Airi schwebte langsam näher, ihre Flügel waren ein schimmerndes Spiel aus Licht und Farbe. Ihr Blick ruhte liebevoll auf dem Stein. „Dieser Edelstein," begann sie leise, ihre Stimme trug eine Weisheit, die so alt war wie der Wald selbst, „ist ein Geschenk. Es ist die Seele Chrysopasias, die sich euch zeigt – ein Zeichen des Vertrauens."

Ihre Worte hallten in der Stille der Kammer wider, und ihre Augen begegneten denen von Sylvia und Tobias. „Er ist mehr als nur ein Kristall. Er trägt die Essenz der Magie in sich, die in den tiefsten Wurzeln dieses Waldes ruht. Wenn ihr ihn annehmt, verbindet ihr euch mit diesem Ort – für immer."

Sylvia spürte, wie ihr Herz schneller schlug. Dieser Kristall rief sie. Es war keine Stimme, sondern ein Gefühl, das in ihr wuchs, sie ermutigte, näherzukommen. Tobias legte eine beruhigende

Hand auf ihre Schulter, und sie beide traten vorsichtig vor, bis sie die Nische erreichten.

Dieser Kristall – der Edelstein - schien zu reagieren. Sein Licht wurde heller, pulsierte sanft, als ob er sie willkommen hieß. Sylvia streckte zögernd ihre Hand aus, spürte die kühle, glatte Oberfläche des Edelsteins und hielt inne. In dem Moment, in dem ihre Fingerspitzen den Kristall berührten, durchströmte sie eine Wärme, die sie innehalten ließ. Es war, als ob dieser besondere Edelstein lebendig wurde, als ob er ihren Herzschlag erwiderte.

Tobias legte seine Hand auf die von Sylvia, und das Licht dieses Edelsteins wurde intensiver. Es erfüllte die Kammer mit einem goldenen Schimmer, der die beiden Geschwister in ein Gefühl tiefer Verbundenheit hüllte.

„Ah, das war zu erwarten!" Nox' Stimme brach die Stille, seine typische, neckische Art durchbrach die ehrfürchtige Stimmung. Er sprang mit einem Satz näher und stützte seine Hände in die Seiten. „Aber lasst euch eines gesagt sein: Chrysopasia schenkt nichts ohne Grund."

Mit einem wissenden Grinsen deutete er auf den Edelstein. „Das hier, ihr Beiden, ist viel mehr als nur ein hübsches Licht. Es wird euch begleiten, ja, aber es wird euch auch prüfen. Es zeigt euch Dinge, die ihr vielleicht lieber nicht sehen wollt. Doch das ist die wahre Magie – es lehrt euch, mit offenen Augen zu sehen."

Sylvia und Tobias sahen einander an, und in ihren Augen spiegelte sich die Bedeutung von Nox' Worten. Sie spürten die Verantwortung, die mit diesem Geschenk einherging. Es war kein einfacher Edelstein – er war ein Schlüssel, eine Aufgabe, die sie annehmen mussten.

Airi trat vor, ihre Augen voller Wärme und Vertrauen. Sie legte ihre schimmernden Finger sanft auf den pulsierenden Edelstein. „Ihr seid jetzt Hüter dieses Lichts," sagte sie leise. „Es gehört euch, doch es bleibt auch Teil dieses Waldes. Sein Licht wird euch führen, wohin auch immer euer Weg euch führt."

Sylvia fühlte, wie sich der Edelstein in ihrer Hand anfühlte – schwer, aber nicht belastend. Seine Wärme erfüllte sie mit einer tiefen Ruhe, während Tobias spürte, wie eine neue Stärke in ihm wuchs. Der Edelstein pulsierte weiter, und es war, als ob er in der Stille eine Botschaft sandte, die nur sie beide verstehen konnten.

Die Kammer wurde still, und die schimmernden Wände schienen in einer sanften Harmonie zu atmen. Sylvia und Tobias hielten ihn gemeinsam in ihren Händen, spürten seine Magie und die Verbindung, die er herstellte – zwischen ihnen, Chrysopasia und etwas Größerem, das sie noch nicht begreifen konnten.

„Wir werden ihn bewahren," sagte Sylvia schließlich, ihre Stimme war ruhig, aber entschlossen. „Wir werden das Licht ehren."

Airi lächelte, und in ihrem Gesicht lag ein Ausdruck tiefer Zufriedenheit. „Dann seid ihr bereit," sagte sie. „Dieses Licht wird euch nicht nur führen – es wird euch verändern."

Die Geschwister standen noch einen Moment still, während die Kammer in ihrem ruhigen Glanz erstrahlte. Chrysopasia hatte ihnen ein Geschenk gemacht, aber auch eine Aufgabe anvertraut, die weit über diesen Moment hinausging. Mit dem Edelstein in ihren Händen spürten sie, dass ihre Reise noch lange nicht zu Ende war – sie hatte gerade erst begonnen.

## Kapitel 17: Der EdelstEinblick

Die Luft in der Kammer war wie geladen, beinahe greifbar, als Sylvia den tiefblauen Edelstein in ihren Händen hielt. Das pulsierende Licht des Kristalls war nicht nur ein Leuchten – es war ein Herzschlag, eine lebendige Energie, die sich mit ihrem eigenen Rhythmus zu verbinden schien. Jede Facette des Steins war wie ein Fenster zu einer anderen Welt: ein schimmerndes Blau, das an die Tiefe eines stillen Ozeans erinnerte, ein goldener Schein, der an die ersten Strahlen der aufgehenden Sonne erinnerte, und ein sanftes Grün, das die endlose Lebenskraft eines uralten Waldes einflüsterte. Er schillerte nun in allen erdenklichen Farben und keine dieser Farben konnte sich entscheiden, welche dominieren sollte. Dieser Edelstein war ein wahres Wunderwerk seiner Schöpfung.

„Er lebt," flüsterte Sylvia, ihre Stimme voller Ehrfurcht. Ihre Finger berührten die glatte Oberfläche, und ein warmes Knistern durchlief ihre Hand.

Tobias trat näher, seine Augen fixierten den schimmernden Kristall. „Es ist, als würde er atmen," sagte er leise. „Wie etwas, das ...uns erkennt."

Die Reflexionen des Edelsteins warfen ein lebendiges Kaleidoskop aus Farben an die Wände der Kammer. Doch mehr noch als die Farben spürten die Geschwister eine Präsenz – sanft, wissend, allumfassend. Sie umhüllte sie nicht nur, sie drang auch tief in ihre Herzen ein.

„Was ist das nur für ein einmaliger Edelstein?" fragte Tobias schließlich. Seine Stimme war kaum mehr als ein Hauch, und doch schwang in ihm eine Sehnsucht nach Antworten mit, die er nicht vollständig begreifen konnte.

Nox trat mit seiner typischen Mischung aus Schalk und Ernsthaftigkeit näher. Seine kleinen Augen funkelten im Licht des Kristalls, als er mit einer ausladenden Geste begann: „Ihr haltet keinen gewöhnlichen Edelstein in euren Händen, das kann ich versprechen. Was ihr hier habt, meine Kinder... äh, pardon, junge Erwachsene," fügte er mit einem schelmischen Zwinkern hinzu, „ist der *Edelsteinblick*."

Sylvia runzelte die Stirn. „Edelsteinblick? Was bedeutet das?"

Nox grinste, setzte sich auf einen kleinen Vorsprung und begann mit leiser, eindringlicher Stimme: „Der Edelsteinblick ist nicht nur ein Name, er ist eine Wahrheit. Dieser Edelstein ist ein Tor – ein Fenster zu dem, was hinter dem Sichtbaren liegt. Er zeigt nicht nur, was vor euren Augen liegt, sondern auch, was in euch verborgen ist. Und das, meine lieben Freunde, kann manchmal eine größere Herausforderung sein, als ihr denkt."

Die Geschwister sahen einander an. Tobias legte vorsichtig seine Hand auf den Edelstein und spürte, wie eine Welle von Wärme durch seine Finger floss. „Wie... funktioniert er?"

Nox' Miene wurde ernster. „Der Edelsteinblick bricht nicht nur Licht, er bricht auch eure Sichtweisen. Er zeigt euch die Facetten von Dingen, Menschen und Situationen – Facetten, die ihr sonst vielleicht nie erkennen würdet. Stellt euch vor, ihr haltet ihn vor eure Augen, und plötzlich seht ihr die Welt nicht mehr nur als Ganzes, sondern in ihren Einzelteilen, in all ihrer Komplexität."

Er erhob sich und hob einen Finger, während er seine Worte betonte: „Das Leben ist oft wie eine Münze, Kinder. Ihr seht die eine Seite, die glänzt – oder vielleicht die andere, die Schatten trägt. Doch dieser Stein? Er zeigt euch nicht nur beide Seiten. Er zeigt euch die Kante, den Raum dazwischen, wo sich Licht und Schatten begegnen."

Sylvia drehte den Stein vorsichtig zwischen ihren Fingern, und für einen Moment fühlte sie sich, als würde sie die Welt durch ihn sehen. Der Kristall schien zu flüstern, als ob er sie einlud, mehr zu erkennen, als das bloße Auge erfassen konnte.

„Aber," fügte Nox hinzu, seine Stimme nahm einen warnenden Tonfall an, „dieser Edelstein ist kein Spielzeug. Er wird euch Dinge zeigen, die euch herausfordern. Dinge, vor denen ihr vielleicht zurückschrecken möchtet. Wahrheit, wie sie wirklich ist – nicht wie ihr sie euch vorstellt."

„Und wenn wir nicht bereit sind?" fragte Tobias leise.

Nox zuckte mit den Schultern und schenkte ihm ein nachdenkliches Lächeln. „Niemand ist je wirklich bereit, Tobias. Aber der Edelsteinblick hilft euch, den Mut zu finden, hinzusehen. Er fordert euch heraus, die Welt mit anderen Augen zu sehen – nicht nur die Welt um euch, sondern auch die in euch."

Die Worte des Kobolds hingen in der Stille der Kammer. Sylvia spürte, wie dieser Edelstein in ihren Händen wärmer wurde, als ob er auf die Worte von Nox reagierte.

„Ich erinnere mich an eine alte Geschichte," begann Nox plötzlich, seine Stimme wurde sanft und beinahe melancholisch. „Vor vielen Jahren kam ein Wanderer in diesen Wald. Er war müde, verletzt und voller Zweifel. ‚Ich habe alles verloren,' sagte er, ‚und ich weiß nicht, wo ich hingehen soll.' Ich gab ihm einen solchen Edelstein, so wie ihr ihn jetzt haltet, und sagte: ‚Schau hindurch.' Zuerst weinte er, weil er die Narben seines Lebens deutlicher sah als je zuvor. Doch dann... sah er etwas Anderes. Er sah, wie diese Narben ihn stärker gemacht hatten, wie sie ihn geformt hatten. Der Stein zeigte ihm nicht nur die Wunden, sondern auch das Wachstum, das daraus entstanden war."

Tobias und Sylvia lauschten gebannt. Sie spürten, dass diese Geschichte nicht nur eine Anekdote war, sondern eine Lektion.

„Was lehrt er uns, Nox?" fragte Sylvia schließlich.

Der Kobold blickte sie ernst an. „Er lehrt euch, dass jede Dunkelheit ein Licht in sich trägt, und dass jede Angst eine Tür zu neuer Stärke sein kann. Aber vor allem lehrt er euch, zu sehen – wirklich zu sehen. Nicht nur mit den Augen, sondern mit dem Herzen."

Sylvia und Tobias hielten den Edelstein gemeinsam, das warme Leuchten tanzte auf ihren Gesichtern. In diesem Moment fühlten sie, dass der Stein nicht nur ein Geschenk war, sondern auch ein Wegweiser – einer, der sie leiten würde, wenn sie bereit waren, die Welt mit neuen Augen zu betrachten.

„Danke," flüsterte Sylvia schließlich, ihre Stimme zitterte leicht vor Dankbarkeit und Ehrfurcht.

Nox nickte zufrieden und grinste. „Vergesst nur nicht: Der Edelsteinblick ist kein einfacher Begleiter. Er wird euch auf eurer Reise nicht nur helfen – er wird euch auch prüfen. Aber wenn ihr ihn ehrt und seine Lektionen annehmt, wird er euch den Weg weisen."

Die Geschwister nickten, spürten die Verantwortung, die sie mit dem Stein übernommen hatten, und zugleich eine tiefe Dankbarkeit. Sie wussten, dass ihre Reise weiterging – und dass sie mit jedem Schritt, den sie gingen, die Welt und sich selbst ein Stück klarer sehen würden.

## Kapitel 18: Die verborgene Tür der Möglichkeiten

Die Kammer schien zu atmen, als ob der Wald selbst die Ereignisse in ihrem Inneren verfolgte. Das Licht des Edelsteins in Sylvia´s Händen wurde intensiver, wogte wie eine Welle aus Energie durch die Luft und lenkte die Aufmerksamkeit auf die glatte Wand gegenüber dem Hauptkristall. Ein leises Knistern durchbrach die Stille, und aus dem Kristall schoss ein Lichtstrahl, der sich wie ein lebendiger Finger ausstreckte.

Die Stelle, die er traf, begann zu pulsieren. Zunächst war es nur ein zarter Schimmer, doch allmählich nahmen die Geschwister die Konturen einer Tür wahr. Sie bestand aus reinem Licht, die Farben wechselten sanft zwischen Gold, Silber und einem tiefen Blau. Das Leuchten war beruhigend und doch voller Intensität, als ob es die Luft mit unausgesprochenen Möglichkeiten füllte.

„Was bedeutet das?" flüsterte Tobias, seine Stimme war voller Staunen, aber auch Unsicherheit.

Nox trat näher, sein Gesicht ernst, und seine sonst so humorvollen Augen spiegelten eine tiefe Ehrfurcht wider. „Das, meine Freunde, ist die verborgene Tür der Möglichkeiten," sagte er mit einer Stimme, die gleichzeitig fest und voller Gefühl klang. „Sie erscheint nur jenen, die bereit sind, tiefer zu sehen – nicht nur in der Welt, sondern auch in sich selbst."

Sylvia ließ ihren Blick von der leuchtenden Tür zu Nox wandern. „Warum jetzt? Haben wir etwas getan, um sie zu öffnen?"

Airi schwebte sanft heran, ihr Leuchten verschmolz mit dem Licht der Tür. „Ihr habt den Edelsteinblick berührt und seine Wahrheit verstanden," erklärte sie leise. „Diese Tür erkennt, dass ihr bereit seid, euch euren innersten Wahrheiten zu stellen. Sie ist keine Belohnung – sie ist eine Einladung, aber auch eine Prüfung."

„Eine Prüfung?" Tobias spürte, wie sein Herz schneller schlug.

„Ja," antwortete Airi sanft, ihre Stimme war wie ein Flüstern im Wind. „Wer durch diese Tür geht, begegnet nicht nur seinen Träumen und Wünschen, sondern auch seinen Ängsten und Schatten. Sie zeigt euch, wer ihr wirklich seid – nicht nur, wer ihr sein wollt. Doch nur, wer Mut hat, sich selbst vollständig zu erkennen, kann die Geschenke empfangen, die jenseits der Tür warten."

Sylvia sah die pulsierende Tür an, ihre Finger schlossen sich fester um den Edelstein. „Und wenn wir nicht bereit sind?" fragte sie, ihre Stimme war kaum mehr als ein Flüstern.

Nox legte seine kleine, aber kräftige Hand auf ihre Schulter. „Niemand ist jemals völlig bereit," sagte er mit einem sanften Lächeln. „Doch Mut bedeutet nicht, ohne Angst zu sein. Mut bedeutet, trotz der Angst einen Schritt nach vorn zu machen."

Tobias holte tief Luft und sah zu seiner Schwester. „Wenn wir das zusammen machen, dann können wir es schaffen," sagte er und hielt ihr seine Hand hin.

Sylvia nickte, ihre Augen suchten Trost und Stärke in denen ihres Bruders. Gemeinsam traten sie vor die leuchtende Tür, das pulsierende Licht schien sie zu prüfen und sie zu durchleuchten, wie ein stiller Wächter.

Airi erhob sich ein wenig höher, ihre Flügel glitzerten wie tausend Sterne. „Wenn ihr hindurchgeht," sagte sie, „werdet ihr nicht mehr dieselben sein. Ihr werdet die Welt mit neuen Augen sehen – und ihr werdet verstehen, dass Magie nicht nur außerhalb von euch existiert, sondern auch in euch selbst."

Mit einem letzten Blick aufeinander fassten sich die Geschwister an den Händen und traten gemeinsam durch das pulsierende Licht.

Auf der anderen Seite erwartete sie eine Welt, die zugleich vertraut und doch völlig fremd war. Der Himmel war von schimmernden Farben erfüllt, die sich unaufhörlich veränderten. Das Gras unter ihren Füßen fühlte sich lebendig an, als ob es mit jedem Schritt einen stillen Gruß sandte. Die Bäume waren majestätisch, ihre Stämme mit funkelnden Runen durchzogen, die wie ein lebendiges Alphabet des Waldes wirkten.

„Wo sind wir?" fragte Sylvia leise, ihre Stimme war von Ehrfurcht erfüllt.

Nox trat plötzlich aus dem Schatten eines Baumes hervor und grinste. „Willkommen in der Welt, die der Edelsteinblick euch hier zeigen will," sagte er. „Hier seht ihr nicht nur die Schönheit des Waldes – ihr seht auch die Möglichkeiten, die in euch selbst schlummern."

„Möglichkeiten?" Tobias blickte ihn verwirrt an.

Airi schwebte herbei, ihr sanftes Licht hüllte die Geschwister ein. „Diese Welt ist ein Spiegel eurer Seelen," erklärte sie. „Jeder Gedanke, jedes Gefühl, jeder Wunsch formt sie. Was ihr hier seht, sind nicht nur die Träume des Waldes – es sind auch eure eigenen Träume, Ängste und Hoffnungen."

Die Geschwister standen still, während die Wahrheit von Airis Worten in ihnen widerhallte. Der Edelstein in Sylvias Hand begann erneut zu leuchten, und sie spürte eine sanfte Wärme, die sie beruhigte und gleichzeitig ermutigte.

„Also… bedeutet das, dass wir diese Welt gestalten können?" fragte Tobias.

„Genau," antwortete Nox. „Doch seid gewarnt: Was ihr hier erschafft, ist nicht nur schön. Es ist wahr. Die Welt wird euch nicht nur eure Stärke zeigen, sondern auch eure Schwächen. Und in dieser Wahrheit liegt die wahre Magie."

Sylvia und Tobias schauten einander an, und sie spürten, dass dies mehr war als ein Abenteuer – es war eine Reise zu sich selbst. Der Edelstein in Sylvias Hand pulsierte sanft, ein leuchtendes Versprechen, dass sie diese Reise nicht allein antreten würden.

Die Welt um sie herum begann zu pulsieren, die Farben tanzten, und die Tür hinter ihnen schimmerte, als ob sie sie aufforderte, weiterzugehen.

„Es gibt so viel zu entdecken," sagte Sylvia, ihre Stimme war voller Staunen.

Tobias nickte, seine Augen glitzerten vor Aufregung. „Dann lass uns gehen!"

Gemeinsam setzten sie ihren Weg fort, geführt von der Magie des Edelsteins und den neuen Möglichkeiten, die vor ihnen lagen.

## Kapitel 19: Das Rätsel der reflektierenden Seele

Die Welt um Sylvia und Tobias wurde still, als das silberne Leuchten des Pfades um sie herum zu pulsieren begann. Der Boden unter ihren Füßen schimmerte wie flüssiger Spiegel, jede Bewegung erzeugte sanfte Wellen, die sich in die Unendlichkeit ausdehnten. Es war, als ob sie nicht nur auf Licht gingen, sondern durch das Bewusstsein des Waldes selbst schritten.

„Das fühlt sich an wie …ein Traum," murmelte Tobias, seine Stimme war leise, fast ehrfürchtig.
„Vielleicht ist es mehr als das," erwiderte Sylvia und holte aus ihrer Tasche vorsichtig Minervas Feder der Erkenntnis hervor. Sie hob die perlmutt schimmernde Feder vorsichtig zwischen ihren Fingern, haltend vor ihren Augen. Das Licht schien mit ihr zu kommunizieren, als würde die Welt um sie herum von der Magie der Feder angezogen.

Nox, der Kobold, näherte sich den Geschwistern mit einer Ernsthaftigkeit, die sie selten an ihm gesehen hatten. Seine funkelnden Augen spiegelten das silberne Glühen des Pfades wider. „Dieser Weg ist kein gewöhnlicher, meine Lieben," sagte er mit leiser Stimme. „Ihr wandert auf dem Pfad der Seele, wo jede Reflexion, jedes Licht, ein Fragment von euch selbst ist."

Bevor sie etwas erwidern konnten, trat eine vertraute Gestalt aus dem silbrigen Leuchten hervor. Nyxian, der majestätische Wächterfuchs, erschien mit seiner stolzen Haltung. Sein bernsteinfarbenes Fell schimmerte im Licht, und seine goldenen Augen strahlten eine Wärme aus, die bis in die Herzen der Geschwister drang.

„Nyxian!" rief Tobias, und seine Stimme zitterte vor Erleichterung.

„Ihr habt euch gut geschlagen," sagte Nyxian ruhig, seine Stimme war tief und melodisch, wie das Rauschen eines fernen Baches. „Doch nun steht ihr vor einer größeren Herausforderung. Dieser Pfad wird euch nicht nur führen, sondern euch prüfen."

Sylvia spürte, wie die Feder in ihrer Hand leicht vibrierte, ein sanftes Signal, das sie näher zu einer Stelle am Pfad führte. Vor ihnen erhob sich ein großer, schimmernder Spiegel aus dem Boden. Seine Oberfläche war nicht glatt, sondern lebendig, sie wellte und schimmerte, als würde sie atmen.

„Das ist der Spiegel der reflektierenden Seele," erklärte Nyxian. „Er ist kein einfacher Spiegel. Er zeigt euch nicht nur, wer ihr seid, sondern auch, was euch zurückhält – und was euch vorantreibt."

Sylvia trat einen Schritt näher, während ihr Herz schneller schlug. „Was müssen wir tun?" fragte sie leise.
„Die Feder ist der Schlüssel," antwortete Nyxian. „Berühre den Spiegel mit ihr, und er wird dir eine Frage stellen. Doch die Antwort kann dir niemand geben – außer du dir selbst."

Mit zitternden Fingern hob Sylvia die Feder und ließ sie vorsichtig die Oberfläche des Spiegels berühren. Sofort begann der Spiegel zu vibrieren, und goldene Worte formten sich auf seiner Oberfläche:

„Sylvia, was hält dich zurück, und was lässt dich wachsen?"

Sylvia starrte in den Spiegel, und ihre eigene Reflexion begann sich zu verändern. Sie sah sich selbst in Momenten, in denen Zweifel und Unsicherheit sie überwältigt hatten, in denen sie sich klein und unbedeutend fühlte. Doch dann veränderten sich die

Bilder. Sie sah sich, wie sie Tobias Mut zusprach, wie sie in schwierigen Momenten Stärke zeigte und anderen Trost bot.

Eine sanfte Wärme erfüllte sie, und Tränen rollten über ihre Wangen. „Ich… ich habe Angst zu scheitern," flüsterte sie. „Aber ich wachse, wenn ich anderen helfe, wenn ich Mut und Hoffnung gebe."

Der Spiegel begann zu leuchten, und seine Oberfläche wurde glatt und ruhig wie ein stiller See.

Tobias trat nun vor, sein Atem ging schwer, und das Lum in seiner Hand flackerte unruhig. Als er die Feder an den Spiegel hielt, formten sich neue Worte:

„Tobias, was ist deine größte Angst, und worin liegt deine wahre Stärke?"

Die Bilder im Spiegel zeigten Tobias in Momenten der Unsicherheit – das Gefühl, nicht gut genug zu sein, die Angst, die Erwartungen anderer nicht erfüllen zu können. Doch dann erschienen Bilder, in denen er an der Seite von Sylvia stand, wie er ihr Kraft gab, wie er Mut bewies, auch wenn er sich selbst fürchtete.

„Ich habe Angst zu versagen," sagte Tobias schließlich, seine Stimme zitterte. „Aber meine Stärke liegt darin, für die Menschen da zu sein, die ich liebe."

Nyxian trat näher und nickte. „Wahrheit und Mut gehen Hand in Hand," sagte er leise. „Ihr habt euch euren Ängsten gestellt und eure Stärken erkannt. Das Licht in euch hat euch hierher geführt - und es wird euch weiter geleiten."

Der Spiegel begann in silbrigen Partikeln zu zerfallen, die sich wie Sternenstaub um die beiden Geschwister legten. Der Staub formte eine neue Tür aus Licht, die vor ihnen schwebte, pulsierend und einladend.

Airi, Nox und Nyxian traten zu den Geschwistern. „Dies ist nur der Anfang eurer Reise," sagte Airi sanft. „Doch ihr seid bereit, den nächsten Schritt zu machen."

Mit klopfendem Herzen und einem neu gefundenen Gefühl der Klarheit traten Sylvia und Tobias durch die Türe aus Licht. Während der Pfad hinter ihnen verblasste, wussten sie, dass sie einen weiteren entscheidenden Schritt auf ihrem Abenteuer gemacht hatten – ein Schritt, der sie nicht nur näher an ihr Ziel brachte, sondern auch näher zu sich selbst.

## Kapitel 20: Der Zauber der Höhle

Die Luft der Höhle war erfüllt von einem harmonischen Summen, welches wie ein Echo uralter Melodien in den Kristallwänden widerhallte. Es war ein Klang, der nicht nur zu hören, sondern zu fühlen war – eine sanfte Vibration, die tief in die Herzen von Sylvia und Tobias drang.

„Sylvia, hörst du das?" flüsterte Tobias, seine Stimme war kaum mehr als ein Hauch. Seine Finger glitten über die glatten Wände, die unter seiner Berührung fast wie lebendig schimmerten.

Sylvia nickte, ihre Augen auf den Edelstein gerichtet, der in ihrer Hand pulsierte. „Es klingt wie ein Lied, das uns erzählt, dass wir ein Teil von etwas Größerem sind," sagte sie leise, ihre Worte voller Staunen.

Doch das Summen wurde allmählich leiser, und eine seltsame Stille legte sich über die Kammer. Die Luft wurde schwerer, und die Lichtreflexe der Kristalle verloren an Leuchtkraft. Plötzlich traten zwei massive Gestalten aus dem Schatten – es waren die steinernen Wächter, deren glühende Augen wie Smaragde in der Dämmerung leuchteten. Ihre mächtigen Schritte hallten durch die Höhle, begleitet von einem Hauch kühler Luft, die wie ein Vorbote einer unausweichlichen Prüfung wirkte.

„Ihr tragt den Edelsteinblick," begann der erste Wächter mit einer Stimme, die wie der Schlag eines mächtigen Gongs durch die Höhle rollte. „Er ist ein Geschenk, aber auch eine Bürde. Wer ihn trägt, muss sich der Wahrheit stellen – so wie sie wirklich ist."

Sylvia spürte, wie ihr Herz schneller schlug. Der Edelstein in ihrer Hand schien schwerer zu werden, sein Leuchten intensivierte sich, als ob er auf die Worte der Wächter reagierte. Tobias, seine Augen fest auf die riesigen Gestalten gerichtet, trat einen Schritt vor, den Mut in seiner Haltung sichtbar.

„Was müssen wir tun?" fragte er mit einer Stimme, die entschlossen, aber auch von Unsicherheit geprägt war.

„Die Wahrheit ist selten leicht zu ertragen," sagte der zweite Wächter, seine Worte waren ruhiger, aber nicht weniger eindringlich. „Ihr müsst euch euren tiefsten Ängsten stellen und lernen, das Wahre von der Illusion zu unterscheiden. Nur dann seid ihr würdig, den Edelsteinblick mit und in euch zu tragen."

Mit einem tiefen Beben begann sich die Höhle zu verändern. Die Wände lösten sich in einem schimmernden Nebel auf, der die beiden Geschwister in eine neue Welt hüllte. Der Boden unter ihren Füßen fühlte sich kalt und unnachgiebig an, und die Luft war erfüllt von einem erdrückenden Schweigen.

„Wo sind wir?" flüsterte Tobias, während sein Atem in der kühlen Luft kleine Wolken bildete.

„Es fühlt sich an, als ob... etwas uns beobachtet," antwortete Sylvia mit zittriger Stimme. Sie klammerte sich an den Edelstein, der in ihrer Hand zu pulsieren begann, als ob er sie vor der aufkommenden Dunkelheit schützen wollte.

Der Nebel, der sie umgab, bewegte sich wie lebendige Schatten, schlängelte sich durch die karge Landschaft und formte schemenhafte Gestalten. Plötzlich tauchte eine Silhouette auf – die eines Kindes, das verloren und zerbrechlich wirkte.

„Bitte... helft mir," flehte die Gestalt mit einer dünnen, zitternden Stimme. „Ich habe mich verirrt... ich bin so allein..."

Tobias spürte, wie sein Herz sich zusammenzog. Er machte einen Schritt nach vorne, seine Hand ausgestreckt. „Wir müssen ihm helfen!"

„Nein!" rief Sylvia, ihre Stimme war fest, aber von einer tiefen Besorgnis durchdrungen. Sie hielt Tobias zurück, während ihre Augen auf den Edelstein gerichtet blieben. „Etwas stimmt nicht. Der Edelsteinblick... zeigt mir, dass das nicht wahr ist."

Sie hob den Edelstein vors Gesicht, und das Regenbogenlicht durchbrach den Nebel. Das Licht entlarvte die Gestalt: Das vermeintliche Kind verwandelte sich in ein alptraumhaftes Wesen mit verzerrten Konturen und krallenartigem Schatten. Mit einem unmenschlichen Fauchen wand es sich, doch das Licht des Edelsteins hielt es zurück.

Mit einem letzten durchdringenden Schrei löste sich das Wesen auf, und der Nebel begann sich zu lichten.

„Es war eine Illusion," murmelte Tobias, während sein Atem flach war.

„Eine Prüfung," sagte Sylvia mit bebender Stimme. „Die Wächter wollten wissen, ob wir die Wahrheit erkennen können."

Die Welt um sie herum veränderte sich erneut. Der Nebel wich zurück, und sie standen wieder in der Kammer der Höhle. Die Wächter sahen sie an, ihre glühenden Augen schienen voller Anerkennung.

„Ihr habt die Wahrheit erkannt und eure Ängste überwunden," sprach der erste Wächter mit einer Stimme, die nun sanfter klang. „Der Edelsteinblick ist euer Schlüssel. Nutzt ihn, um Licht in die Dunkelheit zu bringen."

Sylvia und Tobias sahen einander an, und in ihren Blicken lag eine unausgesprochene Entschlossenheit. Der Edelsteinblick in Sylvias Händen pulsierte sanft, ein leuchtendes Symbol ihres Mutes und ihrer Erkenntnis.

Das melodische Summen kehrte zurück, stärker und harmonischer als zuvor. Es erfüllte die Höhle mit einem Klang, der wie ein Lied des Abschieds wirkte – und gleichzeitig wie eine Einladung, weiterzugehen.

Nyxian trat aus dem Schatten hervor, seine goldenen Augen strahlten vor Stolz. „Ihr habt bestanden," sagte er mit sanfter Stimme. „Ihr habt bewiesen, dass ihr die Wahrheit erkennt und das Licht bewahrt. Geht nun weiter, aber denkt daran: Der Weg ist noch lang, und die Prüfungen werden größer. Doch euer Licht wird euch leiten."

Sylvia und Tobias nickten, ein Gefühl von Stärke und Frieden erfüllte ihre Herzen. Mit dem Licht des Edelsteins, das ihnen den Weg wies, traten sie aus der Höhle hinaus, zurück in Chrysopasia, wo das sanfte Leuchten der Sonne durch die Bäume fiel.

Das Lied der Höhle begleitete sie noch lange, ein Echo der Weisheit und des Mutes, welches sie auf ihrer Reise nie vergessen würden.

## Kapitel 21: Ein letzter Tanz in Chrysopasia

Chrysopasia lag vor Sylvia und Tobias wie eine lebendige Vision, ein Ort zwischen Traum und Wirklichkeit. Die Bäume, deren Stämme wie reine Edelsteine schimmerten, warfen glitzernde Reflexionen auf den schmalen Pfad, den die Geschwister beschritten. Das Licht, das von den Blättern fiel, schien zu tanzen, ein kaleidoskopischer Reigen aus Farben, der den Wald in ein sanftes, lebendiges Glühen hüllte.

Die Luft war erfüllt von einem vibrierenden Summen, das in den Herzen der Geschwister eine Mischung aus Freude und Ehrfurcht hervorrief. Doch je näher sie dem Zentrum der Lichtung kamen, desto schwerer wurde die Atmosphäre.

Das Portal, ein majestätisches Tor aus fließendem Licht, schwebte zwischen den Bäumen. Seine Oberfläche war nicht statisch, sondern bewegte sich in sanften Wellen, als ob es atmete. Silberne und blaue Strahlen brachen hervor, tanzten über den Boden und tauchten die Szenerie in ein fast überirdisches Leuchten.

„Es fühlt sich an, als ob das Portal lebt," murmelte Tobias, seine Hand suchte unbewusst Sylvias.

„Es prüft uns," flüsterte Sylvia, während ihr Blick auf die pulsierende Energie gerichtet blieb.

Lumira, die Sternenfee, schwebte vor ihnen, ihre leuchtenden Flügel hinterließen funkelnde Bahnen in der Luft. „Das Portal ist nicht nur eine Tür," erklärte sie mit einer Stimme, die wie ein leiser Wind klang. „Es ist eine Schwelle, die nur jene überqueren können, die bereit sind, die Wahrheit ihres Herzens zu akzeptieren."

Ein tiefes Dröhnen erfüllte plötzlich den Wald, und die Bäume begannen, sich wie sanfte Wellen im Wind zu wiegen. Schatten huschten über den Boden, und eine kalte Brise ließ die Geschwister erschaudern. Zwei massive Gestalten, geformt aus den schimmernden Lichtstrahlen des Portals, traten aus dessen Mitte hervor.

„Wer begehrt den Übergang?" fragte die erste Gestalt mit einer Stimme, die wie das Echo eines tausendjährigen Flusses klang.

„Wir sind Sylvia und Tobias," antwortete Sylvia, ihre Stimme war fest, aber in ihren Augen lag eine Spur von Unsicherheit.

Die zweite Gestalt, deren Konturen ständig zwischen Licht und Schatten wechselten, erhob sich höher. „Das Portal gewährt den Übergang nur jenen, die verstanden haben, was es bedeutet, Licht und Dunkelheit gleichermaßen zu umarmen."

Tobias hob das Lum in seiner Hand, dessen goldenes Licht ruhig pulsierte. „Wir haben gelernt, dass das Licht in uns selbst liegt," sagte er. „Und der Edelsteinblick hat uns gezeigt, dass es immer mehr zu sehen gibt, als das, was vor unseren Augen liegt."

Die Gestalten schwiegen, und für einen Moment schien es, als würde die Zeit selbst innehalten. Das Dröhnen wurde tiefer, intensiver, und die Schatten um das Portal begannen sich zu verdichten.

Aus der Mitte des Portals formte sich ein dritter Schatten, eine Gestalt, die größer und imposanter war als die Wächter. Sie bestand aus reiner Dunkelheit, doch ihre Umrisse waren fließend, als ob sie aus dem Nichts gewebt worden wäre.

„Warum glaubt ihr, würdig zu sein?" fragte der Schatten, seine Stimme hallte wie ein ferner Sturm. „Was habt ihr gelernt, und was habt ihr zu verlieren?"

Sylvia griff nach dem stark pulsierenden Edelstein, dessen Regenbogenfarben jetzt noch stärker zu leuchten begannen. Sie hielt ihn vor sich, und das Licht schnitt durch die Dunkelheit des Schattens, enthüllte seine wahre Form. Es war ein verzerrtes Abbild von ihnen selbst, ein Echo all ihrer Unsicherheiten und Unzulänglichkeiten.

„Wir haben Angst," gab Sylvia zu, ihre Stimme war ruhig, aber fest. „Doch wir haben auch gelernt, dass die Angst ein Teil von uns ist. Sie definiert uns nicht, sondern fordert uns heraus."

„Und wir wissen, dass wir die Welt nicht ändern können, ohne zuerst uns selbst zu ändern," fügte Tobias hinzu. „Das Licht und die Dunkelheit sind beide Teile von uns – und das ist in Ordnung."

Der Schatten schwieg, und langsam begann er, sich aufzulösen. Das Licht des Edelsteins füllte die Lichtung, und das Dröhnen des Portals wurde zu einer sanften, melodischen Schwingung.

Die Wächter traten zurück, und Airi hob ihre Hände, ihre Flügel glitzerten in den letzten Strahlen des Portals. „Ihr habt die Prüfungen bestanden," sagte sie, ihre Stimme war voller Wärme. „Euer Weg führt euch nun durch das Portal – in eine Welt, die ihr selbst gestaltet."

Doch bevor sie das Portal betreten konnten, flackerte das Licht, und eine schon bekannte Gestalt trat aus dem Schatten. Es war Tempus. Sein Fell glühte wie Mondlicht, und seine Augen funkelten, als ob sie alle Zeiten und Welten gleichzeitig durchdringen könnten.

„Da seid ihr ja wieder," sagte er mit einem schelmischen Lächeln, das zugleich weise war. „Die Zeit führt uns immer wieder an die gleichen Schwellen zurück – nicht, um zu verharren, sondern um zu wachsen."

Hand in Hand traten Sylvia und Tobias nun vor das Portal. Die astrale Silberschnur, ein zarter Faden aus lebendigem Licht, erschien wieder zwischen ihnen und dem Portal. Doch diesmal schien sie anders – pulsierender, intensiver, beinahe sehnsüchtig. Sie fühlten, wie die Schnur sich straffte und sie nicht nur miteinander, sondern mit Chrysopasia selbst verband. Es war, als ob die Seele des Waldes durch sie hindurch sprach, ihre Herzen durchdrang und sie mit einer Wärme erfüllte, die sie gleichzeitig tröstete und forderte.

Das Portal begann, sich zu verändern. Die spiralförmigen Lichtlinien, die zuvor sanft getanzt hatten, wurden schneller und intensiver. Es war kein Chaos, sondern eine orchestrierte

Bewegung, wie der Atem eines lebendigen Wesens. Ein leises, harmonisches Dröhnen erfüllte die Luft, die nicht nur gehört, sondern auch gefühlt werden konnte. Es vibrierte in ihren Knochen, in ihrem Innersten, und rief Erinnerungen wach, die sie nicht besaßen, und Sehnsüchte, die sie nicht kannten.

„Das Portal lebt," flüsterte Sylvia, ihre Stimme war kaum mehr als ein Hauch. Und tatsächlich schien es so. Das Licht des Portals schien sie zu betrachten, sich um sie zu winden wie neugierige Finger aus flüssiger Energie, die die Tiefe ihrer Seelen zu erkunden schienen. Die Luft um sie herum war schwer von Bedeutung, doch es war keine Last – es war ein Versprechen.

Die Silberschnur pulsierte im gleichen Rhythmus wie das Portal. Sie wurde zu einem leuchtenden Band, das sich ausdehnte, wuchs und schließlich ein Teil des Portals selbst wurde. In diesem Moment verstanden sie: Sie waren nicht nur Besucher – sie waren ein Teil dieses Ortes, dieser Zeit, dieses Augenblicks. Chrysopasia schien durch das Portal hindurch zu atmen, und mit jedem Schlag dieses Atems übermittelte es Bilder, Gedanken und Emotionen. Sie sahen das Flüstern der Bäume, spürten die unendliche Geduld der Lichtadern und hörten das Lied der Ewigkeit, das in den Kristallen gespeichert war.

Als sie das Portal durchschritten, war es, als ob sie in einen schillernden Strom eintauchten, der sie umschloss und durchdrang. Das Licht war nicht nur Licht – es war ein Bewusstsein, eine lebendige Präsenz, die sie in eine neue Realität zog. Farben, die keine Namen hatten, bewegten sich in fließenden Mustern um sie herum. Sie verschmolzen, brachen auseinander, tanzten wie Sternenstaub und schienen Geschichten zu erzählen – Geschichten, die älter waren als alles, was sie je gekannt hatten.

Die Schwere ihrer Körper verschwand. Sie waren schwerelos, wie Blätter, die von einem sanften Wind getragen wurden. Doch in dieser Leichtigkeit lag keine Leere. Es war eine Verbundenheit, die so tief ging, als ob sie Teil eines großen Netzes wurden, das alles umfasste – Chrysopasia, das Portal, die Sterne darüber und die Erde darunter.

Klänge erfüllten die Luft, aber sie waren keine gewöhnlichen Töne. Es war ein kosmischer Chor, eine Melodie, die in ihren Herzen widerhallte. Sie hörten das Summen des Portals, das wie ein Herzschlag pulsierte. Und zwischen den Tönen, in den Zwischenräumen des Klangs, entfalteten sich Bilder: der Wald mit seinen leuchtenden Bäumen, die Prüfungen, denen sie sich gestellt hatten, und die Schatten, die sie überwunden hatten. Doch da war auch mehr – ein leises Versprechen von etwas, das noch kommen würde, etwas, das sie jenseits des Portals erwartete.

„Es fühlt sich an, als ob das Portal uns kennt," flüsterte Tobias, seine Stimme war voller Ehrfurcht.

„Das Portal ist ein Teil von euch," sagte Tempus, der zwischen den Lichtwellen schwebte. Seine Stimme hallte wie eine sanfte Melodie. „Es ist keine Grenze – es ist ein Übergang, eine Erinnerung daran, dass alle Welten verbunden sind. Ihr seid nie allein."

Die astrale Silberschnur schimmerte intensiver, und Sylvia hatte das Gefühl, als ob sie ihre Grenzen verlor. Sie war nicht nur sie selbst, sondern ein Teil der Farben, des Lichts, der Musik. Tobias erlebte dasselbe, und gemeinsam waren sie wie zwei Flammen, die in der Unendlichkeit tanzten.

„Spürt es," flüsterte Tempus, „die Zeit, die euch umgibt. Sie fließt nicht – sie webt. Ihr seid Teil dieses Gewebes, und jeder einzelne Schritt, den ihr macht, verändert es."

Die astrale Welt, die sie umgab, begann sich zu verändern. Die Grenzen zwischen Licht und Schatten verschwammen, und sie spürten, wie die Wärme des Portals langsam abklang. Das Licht verblasste, doch die Silberschnur blieb bestehen, zart und unzertrennlich.

Die letzte Bewegung durch das Portal fühlte sich an wie ein Schmelzen. Ihre Körper, ihre Seelen, sogar ihre Gedanken schienen für einen Moment flüssig zu werden, bevor sie sich neu formten.

Und dann waren sie durch.

## Kapitel 22: Rückkehr ins Hier und Jetzt

Ein sanftes Licht umfing Sylvia und Tobias, als sie durch das schimmernde Portal getreten waren. Die astrale Silberschnur, die während ihrer Reise wie ein Kompass zwischen den Welten fungiert hatte, pulsierte nun sanft und rhythmisch und hatte die beiden behutsam zurück in ihre physische Welt geleitet.

Das Leuchten des Portals verblasste hinter ihnen, und die vertraute Stille des Waldes kehrte zurück. Der Baum, unter dem sie eingeschlafen lagen, erhob sich vor ihnen in all seiner stillen Majestät. Das Licht des späten Nachmittags fiel in tiefen, goldenen Strahlen durch das Blätterdach, und die Schatten der alten Eichen tanzten sanft auf dem moosbedeckten Boden.

„Wir sind… zurück," flüsterte Sylvia. Ihre Stimme zitterte vor Erleichterung, aber auch vor Staunen.

Tobias nickte langsam. „Es fühlt sich an, als wären wir tagelang fort gewesen," sagte er nachdenklich. Sein Blick wanderte zu den zwei Gestalten, die ruhig am Fuß des Baumes lagen – ihre eigenen Körper, friedlich schlafend, als hätten sie sich nur für eine kurze Pause hingelegt.

„Seht ihr," sagte Airi, die in einem warmen, sanften Leuchten neben ihnen erschien. Ihre Flügel glitzerten wie flüssiges Licht im goldenen Schein. „Eure Reise mag sich lang und intensiv angefühlt haben, aber in eurer physischen Welt sind nur wenige Stunden vergangen. Zeit ist ein Konzept, das nur dort existiert. Hier im Astralen Raum zählt sie nicht."

„Also… waren wir wirklich weg?" fragte Tobias zögernd. „Oder war es nur… ein Traum?"

„Die Wahrheit liegt in euren Herzen," sagte Airi, ihre Stimme war ruhig und voller Wärme. „Was ihr erlebt habt, war real. Die Lektionen, die ihr gelernt habt, und die Magie, die ihr erfahren habt, sind ein Teil von euch geworden. Doch die Zeit, die in eurer Welt verging, war nur ein Hauch im Vergleich zu dem, was ihr erlebt habt."

Sylvia und Tobias sahen sich an, und für einen Moment schien die Zeit tatsächlich stillzustehen. Sie wussten, dass Airi die Wahrheit sprach, denn die Erinnerungen an ihre Reise waren tief in ihnen verankert – lebendig, pulsierend und voller Bedeutung.

„Was geschieht jetzt?" fragte Sylvia schließlich, während sie die Silberschnur betrachtete, die sich sanft zwischen ihren astralen Formen und ihren schlafenden Körpern spannte.

„Jetzt führt euch die Silberschnur zurück," erklärte Airi und berührte den pulsierenden Faden mit einer anmutigen Bewegung ihrer schimmernden Hand. „Sie wird eure Seele sicher in eure Körper zurückführen. Sobald ihr erwacht, wird die Erinnerung an eure Reise wie ein leiser Stern in eurem Inneren leuchten. Ihr werdet spüren, dass etwas in euch gewachsen ist."

Die Geschwister spürten einen leichten Sog, der von der Silberschnur ausging. Das Band pulsierte kräftiger, sein silbriges Leuchten wurde intensiver, als ob es sie ermutigen wollte, den letzten Schritt zu gehen.

„Es fühlt sich… seltsam an," flüsterte Tobias, während er das Kribbeln spürte, das sich von seinen Fingerspitzen bis in sein Innerstes ausbreitete.

„Das ist der Moment der Rückkehr," sagte Airi sanft. „Vertraut der Silberschnur. Sie kennt den Weg."

Die astralen Umrisse der Geschwister begannen zu verblassen, als ihre Seelen langsam eins mit ihren Körpern wurden. Mit jedem Herzschlag wurde die Verbindung stärker, bis schließlich die Grenze zwischen Seele und Körper gänzlich verschwand. Ein letztes Pulsieren durchlief die Silberschnur, dann erlosch ihr Leuchten, und sie verschwand, als hätten Sylvia und Tobias ihre Reise niemals angetreten.

Die Geschwister lagen nun schlafend unter dem Baum, ihre Gesichter entspannt und friedlich. Airi setzte sich sanft zwischen sie, ihre Flügel glitzerten im goldenen Dämmerlicht.

„Die Zeit mag in eurer Welt anders verlaufen," begann sie leise, als ob sie mit dem Wald selbst sprach, „doch die Bedeutung eurer Reise wird nicht durch Minuten oder Stunden gemessen. Es ist das, was ihr erlebt habt, das zählt."

Sylvia und Tobias öffneten langsam die Augen. Das Licht der untergehenden Sonne fiel auf ihre Gesichter, und für einen Moment blinzelten sie, bevor sie sich aufrichteten. Sie sahen einander an, und ohne Worte wussten sie, dass sie dieselben Gefühle teilten – eine tiefe Dankbarkeit und das Bewusstsein, etwas Einzigartiges erlebt zu haben.

„Airi?" fragte Sylvia leise, während sie sich umsah.

Die Waldfee trat einen Schritt zurück, ihr schimmerndes Leuchten wurde schwächer, und ein sanftes Lächeln lag auf ihrem Gesicht. „Meine Aufgabe ist erfüllt," sagte sie leise. „Die Magie des Waldes wird nun in euch weiterleben. Ihr tragt sie in eure Welt zurück, wo sie wachsen und euch leiten wird."

„Aber… werden wir dich wiedersehen?" fragte Tobias, seine Stimme war von leiser Traurigkeit durchzogen.

Airi schüttelte sanft den Kopf, doch ihr Lächeln wurde wärmer. „Vielleicht," sagte sie. „Vielleicht dann, wenn der Wald euch erneut ruft. Doch denkt daran, die Magie ist nicht an meine Gestalt gebunden. Sie lebt in euren Herzen."

Mit diesen Worten begann Airi, sich in ein schimmerndes Licht aufzulösen. Ihre Flügel wurden zu tanzenden Funken, die sanft um die Geschwister wirbelten, bevor sie in den Himmel stiegen und langsam verschwanden.

Sylvia und Tobias saßen still unter dem Baum, die letzten Sonnenstrahlen warfen goldene Schimmer auf die Lichtung. Der Wald war wieder ruhig, doch in ihren Herzen trugen sie die Magie, die ihnen geschenkt worden war.

„Denkst du, wir werden sie jemals wiedersehen?" fragte Tobias leise, während er in den Himmel blickte, wo die letzten Funken verschwunden waren.

Sylvia legte eine Hand auf seine Schulter und lächelte. „Vielleicht... aber vielleicht tragen wir sie auch einfach immer bei uns."

Gemeinsam erhoben sie sich und wandten sich den vertrauten Weg zurück nach Hause zu. Der Abend begann, den Wald in eine sanfte Dunkelheit zu hüllen, und das Leuchten ihrer Reise blieb wie ein stilles Versprechen in ihrem Inneren.


## Kapitel 23: Der Garten der Erinnerung

Sylvia und Tobias traten unter den mächtigen Baum, dessen massiver Stamm, von seinen Ranken umwunden, die in einem leichten Silber schimmerten. Die Äste reichten weit in den

Himmel, als würden sie die Sterne am Firmament selbst berühren wollen, als hätten sie einen tiefen erholsamen Schlaf verlassen. Die Wärme der Welt um sie herum fühlte sich vertraut an und doch verändert, als ob ein Schleier von ihnen genommen worden wäre. Der Weg zurück zum elterlichen Garten lag still vor ihnen, voller vertrauter Düfte und Farben – und doch schien eine leise, unsichtbare Schwingung die Luft zu durchziehen. Es war ein Gefühl, als ob der Raum selbst atmete.

Tobias blinzelte ins Licht und schüttelte leicht den Kopf, als wollte er einen Traum abschütteln, der sich hartnäckig in seinen Gedanken festklammerte. „Sylvia," begann er zögerlich, „warum… warum waren wir ausgerechnet unter diesem mächtigen Baum auf der Lichtung hier im Wald eingeschlafen?" Seine Stimme war sanft, fast ehrfürchtig.

Sylvia ließ ihre Finger über die raue Rinde des Baums gleiten, bevor sie antwortete. „Ich weiß es nicht," murmelte sie leise, ihre Worte waren mehr für sie selbst als für Tobias. Doch in ihrem Inneren spürte sie die Ahnung von etwas Großem, etwas, das nur halb in ihrem Bewusstsein existierte. Es war, als ob ihre Seele wusste, was geschehen war, doch ihr Verstand noch nicht bereit war, es zu erfassen.

Die beiden gingen langsam zurück - durch den Pfad, der zwischen den alten Eichen zurück führte - zurück durch den elterlichen Garten, der bis zum Haus führte. Die Blumenbeete, das leise Plätschern des alten Brunnens und das Rascheln der Blätter – alles schien lebendig, als ob die Natur selbst ihnen aufmerksam lauschte. Es war nicht nur Stille; es war eine spürbare Präsenz, eine Energie, die sich mit jedem Schritt verdichtete.

Plötzlich blieb Tobias stehen. Seine Augen weiteten sich, und ein leichtes Zittern durchlief seinen Körper. „Sylvia... schau!" Seine Stimme war ein Flüstern, das die Stille des Gartens nicht durchbrach, sondern mit ihr verschmolz. Er zeigte auf den Waldrand, wo der Garten ins Grün des Waldes überging.

Dort, wo Schatten und Licht sich trafen, saß ein Hase. Sein Fell schimmerte in einem Grau, das fast silbern wirkte, und seine Augen waren groß und klug, als ob sie mehr sahen, als sie sollten. Tobias konnte seinen Blick nicht abwenden, und ein Gefühl von Vertrautheit, tief und bedeutungsvoll, durchströmte ihn. Es war, als ob die Zeit selbst für einen Moment innehielt.

„Das... das kommt mir bekannt vor," flüsterte er, seine Stimme war rauh vor Emotionen. In seinem Inneren begannen Bilder zu flackern – das warme Licht des Lum, die schwebenden Kristalle in der Höhle, das pulsierende Portal. Jeder Moment, den sie auf ihrer Reise erlebt hatten, kehrte zurück, nicht wie ein Traum, sondern wie etwas Reales, etwas, das sich in seine Seele eingebrannt hatte.

„Tempus," murmelte Sylvia plötzlich, ohne zu wissen, warum. Das Wort kam wie von selbst über ihre Lippen, und mit ihm brach eine Flut von Bildern, Gefühlen und Erinnerungen hervor. Sie sah den majestätischen Wald, der den Namen Chrysopasia trug, spürte die Wärme der Sternenfee Lumira und hörte die Worte von Nyxian, dem weisen Fuchs. Alles, was sie erlebt hatten, wurde lebendig, ein Strom aus Licht und Bedeutung.

Die Geschwister sahen einander an, und in diesem Moment wussten sie, dass das, was sie erlebt hatten, kein Traum gewesen war. Es war eine Reise – eine Reise, die tiefer ging, als sie es je für möglich gehalten hätten.

„Aber… wir konnten doch nichts mitnehmen, oder?" sagte Tobias zögerlich, seine Stimme bebte leicht. „Das Lum, den Edelstein… das war alles dort. Es ist nicht bei uns, oder?"

In diesem Augenblick wurde es warm in Tobias' Tasche. Die Wärme war sanft, beinahe beruhigend und doch so real, dass sie ihn innehalten ließ. Verwirrt griff Tobias hinein und zog vorsichtig sein Lum hervor. Es leuchtete schwach, ein zartes, goldenes Licht, das selbst im Abendlicht der untergegangenen Sonne unwirklich wirkte. „Es ist echt," flüsterte er, seine Hände zitterten. „Es ist wirklich hier."

Sylvia, angesteckt von seiner Aufregung, tastete hektisch ihre umgehängte Tasche ab. Mit einem überraschten Lachen zog sie den funkelnden Edelstein hervor, dessen Regenbogenfarben nun zart im sanften Licht des aufgegangenen Mondes tanzten. „Und schau, Tobias … die Feder der Erkenntnis! Sie ist auch hier!" Sylvia hob die Hand, in der sie die perlmutt schimmernde Feder hielt, und betrachtete das zarte Geschenk, das Minerva ihnen überreicht hatte.

Ihre Augen leuchteten vor Staunen und Freude, doch als sie sich wieder zum Waldrand umdrehten, war der Hase verschwunden. Nur ein leises Rascheln im Unterholz deutete darauf hin, dass er zurück in den Wald gehoppelt war.

Da erklang eine vertraute, sanfte Stimme, wie ein Wispern im Wind. Es war Airi, auch wenn sie nicht zu sehen war. Ihre Worte trugen sich wie ein Flüstern durch die Luft: „Manchmal begegnet ihr Dingen, die euch vertraut erscheinen, obwohl ihr sie noch nie gesehen habt. Das ist das Gefühl eines Déjà-vu, meine Lieben."

Sylvia und Tobias lauschten ehrfürchtig. Sie spürten, dass die Stimme nicht nur um sie, sondern auch in ihnen war, als ob sie direkt zu ihren Herzen sprach.

„Ein Déjà-vu," fuhr Airi fort, „ist eine Berührung der Seele mit einem Moment, der außerhalb der Zeit liegt. Es ist eine Erinnerung an etwas, das ihr erlebt habt, bevor ihr es begreifen konntet. Manchmal sind es Fragmente eurer Reisen in der astralen Welt, manchmal sind es Botschaften des Universums. Sie erinnern euch daran, dass alles miteinander verbunden ist – Vergangenheit, Gegenwart und Zukunft."

Die Geschwister nickten stumm, ihre Gedanken schwebten in den tiefen Worten von Airi. Sie fühlten, dass ihre Reise Teil von etwas Größerem war, etwas, das weit über das hinausging, was sie bisher verstanden hatten.

„Ihr habt etwas Wundervolles mitgebracht," flüsterte Airi zum Abschluss. „Nicht nur die Geschenke des Waldes, sondern auch die Erinnerung daran, dass Magie überall ist – selbst hier, in eurer Welt."

Ein sanfter Wind wehte durch den Garten, als würde er die Worte forttragen, und die Geschwister spürten, wie die Präsenz von Airi verblasste. Sie standen still, jeder in seinen Gedanken versunken, und hielten ihre Schätze in den Händen. Die Welt um sie herum schien heller und lebendiger, als hätte die Magie von Chrysopasia ihre eigene Realität durchdrungen.

„Vielleicht," sagte Tobias leise, „war das kein Abschied. Vielleicht ist der Wald immer in unserer Nähe."

Sylvia lächelte und griff nach seiner Hand. „Vielleicht war das erst der Anfang."

## Kapitel 24: Der Alltag mit Magie

Der Morgen war hell und klar, und die ersten Strahlen der Sonne tauchten die Küche in ein warmes, goldenes Licht. Der Duft von frischem Brot und der süßliche Hauch von Honig erfüllten den Raum, während Sylvia und Tobias am Tisch saßen. Die dampfenden Tassen Tee vor ihnen verbreiteten einen angenehmen Kräuterduft, doch fühlte sich heute alles anders an – als ob die Welt eine neue Schwingung angenommen hätte.

Ihre Mutter stand am Herd, drehte sich mit einem Teller frischer Rühreier um und stellte ihn in die Mitte des Tisches. „Ihr seid so still heute Morgen," bemerkte sie mit einem liebevollen Lächeln. „Habt ihr schlecht geschlafen, oder liegt euch etwas auf dem Herzen?"

Tobias hob den Blick von seiner Teetasse, zögerte kurz und schüttelte dann den Kopf. „Nein, nicht schlecht geschlafen … nur viel nachgedacht." Seine Stimme klang ruhig, doch in seinen Augen lag eine Tiefe, die schwer in Worte zu fassen war.

Sylvia griff nach einem Brötchen und begann es gedankenverloren zu bestreichen. „Manchmal fühlt sich Schlaf nicht wie Schlaf an," sagte sie schließlich, fast mehr zu sich selbst als zur Mutter. „Eher wie eine Reise." Ihr Tonfall war nachdenklich, als ob sie versuchte, ihre Gedanken zu ordnen.

Ihre Mutter warf ihr einen neugierigen Blick zu, hielt sich jedoch mit Fragen zurück. „Na, solange ihr dabei gut ausgeruht seid," sagte sie schließlich und setzte sich wieder an den gemeinsamen Frühstückstisch.

Die vertraute Routine fühlte sich für die Geschwister merkwürdig fremd an. Die Stimmen der Eltern, das Rascheln der Zeitung, das leise Klappern des Bestecks – alles war wie immer, und doch war es anders. Es war, als ob sie durch eine unsichtbare Grenze zurück in den Alltag getreten waren, eine Grenze, die sie mit etwas Unaussprechlichem hinter sich gelassen hatten.

Nachdem das Frühstück beendet war, tauschten Sylvia und Tobias einen Blick. Sie verstanden einander ohne Worte. Beide fühlten das Bedürfnis, zurück in den Wald zu gehen – zu dem mächtigen Baum, dessen massiver Stamm, von seinen Ranken umwunden, die in einem leichten Silber schimmerten und seine Äste weit in den Himmel reichten, als würden sie die Sterne am Firmament selbst berühren wollen – der Baum, der ein stummer Zeuge ihrer Reise gewesen war.

Der Wald umgab sie wie ein lebendiges Wesen, als sie dann schließlich erneut den vertrauten Pfad entlang gingen. Das Licht der Sonne brach durch die Baumkronen und warf schimmernde Muster auf den Waldboden. Die Luft war frisch und klar, durchzogen von einem Hauch des Unbekannten, der ihre Schritte schwer und leicht zugleich machte.

Als sie den alten Baum erreichten, schien dieser noch mächtiger und lebendiger als zuvor. Seine knorrigen Äste streckten sich wie schützende Arme über sie, und die Rinde schimmerte leicht im Morgenlicht. Sylvia lehnte sich gegen seinen Stamm, während Tobias sich im Schneidersitz ins Gras setzte.

Eine tiefe Stille umfing sie, doch es war keine Leere – sie war erfüllt von einem leisen Summen, einem Gefühl, als ob der Baum atmete. Sylvia umarmte den mächtigen Stamm des Baumes und schloss die Augen. „Es fühlt sich an, als ob der Baum weiß, was wir erlebt haben," flüsterte sie. „Als ob er uns zuhört."

Tobias zog das „Lum" aus seiner Tasche und betrachtete es schweigend. Das Licht des Kristalls pulsierte sanft, wie ein Herzschlag. „Vielleicht weiß er es wirklich," sagte er leise. „Vielleicht ist der Baum mehr als nur ein Baum."

Sylvia öffnete die Augen und sah zu den Ästen hinauf. „Ich glaube, er ist ein Teil von allem – von uns, vom Wald, von der Welt. Als ob er das Gewebe zwischen den Welten trägt."

Tobias nickte. „Er fühlt sich an wie ein Anker. Vielleicht ist das der Grund, warum wir immer wieder hierher zurückkommen."

Die warme Präsenz des Baumes schien mit jedem Moment deutlicher zu werden. Der Wind raschelte durch die Blätter, doch es klang nicht zufällig – es war, als ob der Wald mit ihnen sprach. Tobias legte das „Lum" auf den Boden vor sich und sagte: „Ich frage mich, ob wir jemals aufhören werden, uns zu verändern. Oder ob das, was wir dort gesehen haben, immer ein Teil von uns bleibt."

Sylvia strich mit ihren Fingern über die Feder, die hinter ihrem linken Ohr klemmte, welche von Minerva stammte. „Ich glaube, dass wir uns immer weiter verändern," sagte sie. „Aber diese Reise hat uns gezeigt, wie wir diese Veränderung bewusster leben können. Dass die Magie nicht nur dort draußen ist, sondern in uns – und in allem um uns herum."

Ein vertrautes Flüstern ließ sie innehalten. Es war die Stimme von Airi, die wie ein zarter Hauch durch die Äste der Eiche schwebte. „Die Magie, die ihr erlebt habt," flüsterte sie, „war nie getrennt von euch. Sie war immer da. Euer Blick hat sich verändert – ihr seht nun, was andere übersehen."

Sylvia und Tobias lauschten ehrfürchtig, ihre Herzen erfüllten sich mit den tiefen Wahrheiten von ihren Worten. „Dieser Baum hier ist ein Hüter der Erinnerungen," fuhr sie fort. „Ein Knotenpunkt zwischen den Welten. In seiner Nähe werdet ihr immer die Verbindung spüren, die euch mit allem verbindet – mit dem Wald, mit der Erde und mit euch selbst."

„Und die Geschenke, die wir erhalten haben?" fragte Tobias leise.

„Sie sind Samen," antwortete die Waldfee. „Samen, die wachsen, wenn ihr sie mit anderen teilt. Eure Magie wird größer, wenn ihr sie für andere sichtbar macht – nicht durch große Gesten, sondern durch kleine Taten, durch Hoffnung, durch Liebe."

Sylvia lehnte sich mit dem Rücken gegen den mächtigen Baumstamm. „Manchmal habe ich Angst, dass wir vergessen könnten, was wir erlebt haben," gab sie zu.

„Vergessen ist nicht das Ende," sagte Airi sanft. „Denn alles, was euch berührt, bleibt in eurem Innersten bewahrt. Ihr tragt Chrysopasia in euch, und es wird euch führen, auch wenn ihr euch verloren fühlt."

Die Geschwister schwiegen, doch sie spürten die Wahrheit in den Worten der Fee. Die Stille um sie herum war lebendig, erfüllt von der Präsenz des Baumes und des Waldes.

Nach einer Weile erhoben sie sich und machten sich auf den Rückweg. Der Wald schien mit jedem Schritt unvergessener zu werden, und doch wussten sie, dass sie ihn mit neuen Augen sahen. Der Baum auf der Lichtung im Wald – Der Hüter der Erinnerungen und der Knotenpunkt zwischen den Welten - blieb hinter ihnen zurück, doch ihre Verbindung zu diesem blieb lebendig.

## Kapitel 25: Die Erkenntnis des Edelsteinblicks

Der Weg zurück zum elterlichen Haus war von einer tiefen Stille begleitet, doch diese Stille war nicht leer. Sie war erfüllt von Gedanken, Erinnerungen und einer leisen, ungreifbaren Spannung. Sylvia hielt den Edelstein in ihren Händen, während sie neben Tobias durch den Wald ging. Das Licht der untergehenden Sonne brach sich in den regenbogenfarbenen Facetten des Steins und warf schimmernde Muster auf den Waldboden.

Als sie den Rand des Waldes erreichten und das vertraute Haus in der Ferne auftauchte, blieb Sylvia plötzlich stehen. Sie hob den Edelstein und hielt ihn vorsichtig vor ihr Gesicht. Das Licht, das durch ihn fiel, veränderte alles. Die Welt, die sie durch den Stein sah, war dieselbe – und doch anders. Farben wurden lebendiger, Schatten tiefer, und jede Kleinigkeit schien eine Bedeutung zu tragen, die ihr vorher entgangen war.

„Sylvia?" Tobias' Stimme riss sie aus ihren Gedanken. „Alles in Ordnung?"

Sie nickte langsam, ließ den Stein jedoch nicht sinken. „Ich habe etwas gesehen," sagte sie leise, als ob sie das Bild vor ihren Augen nicht verlieren wollte. „Es ist, als ob der Edelsteinblick mir zeigt, was ich vorher nicht sehen konnte.

### Sylvias Erkenntnis

Während sie weitergingen, hielt Sylvia den Edelstein weiterhin vor ihren Augen. Plötzlich blieb sie erneut stehen, ihre Schritte wurden zögernd. „Tobias," begann sie, ihre Stimme zitterte leicht. „Ich erinnere mich an etwas."

„Was meinst du?" fragte Tobias und drehte sich zu ihr um.

Sylvia senkte den Edelstein und sah ihn an. „Weißt du noch, vor ein paar Wochen ... Als ich versucht habe, mit unserer Nachbarin über den Gartenzaun zu sprechen? Sie war so wütend, weil sie dachte, unsere Katze hätte ihre Blumen zerstört." Sylvia lachte leise, aber es klang nicht fröhlich. „Ich war so frustriert. Egal, was ich gesagt habe, sie wollte mir nicht zuhören. Es endete in einem Streit, und seitdem bin ich ihr aus dem Weg gegangen."

Tobias nickte langsam. „Ja, ich erinnere mich. Du hast dich richtig schlecht gefühlt deswegen."

Sylvia hielt den Edelstein wieder vor ihren Augen und ließ sich von seinem Licht durchfluten. Die Szene mit der gemeinsamen Nachbarin tauchte in ihrem Geist auf, doch diesmal war sie anders. Sie sah sich selbst, aber sie sah auch die ältere Frau mit neuen Augen. Ihre Mimik, die Härte in ihrer Stimme – all das schien plötzlich Sinn zu ergeben. Sylvia erkannte etwas, das ihr damals verborgen geblieben war: Unsere Nachbarin war nicht nur wütend gewesen, sie war verletzt und allein gewesen. Ihre Worte waren eine Abwehr, nicht gegen Sylvia, sondern gegen das Gefühl, übersehen zu werden.

„Ich habe sie nicht wirklich gesehen," flüsterte Sylvia, fast mehr zu sich selbst. „Ich habe nur auf ihre Worte reagiert, aber ich habe nicht verstanden, was dahinter verborgen lag."

Sie nahm den Edelstein herunter und drehte sich zu Tobias. „Ich weiß jetzt, was ich tun muss. Ich werde zu ihr gehen und ihr zuhören – wirklich zuhören. Nicht, um mich zu verteidigen, sondern um zu verstehen."

Tobias lächelte schwach. „Das klingt nach einer besseren Lösung. Vielleicht brauchst du den Edelstein nicht mehr so sehr, wie du denkst."

Sylvia reichte ihm den Edelstein. „Vielleicht kann er dir auch etwas zeigen."

### Tobias' Einsicht

Tobias nahm den Edelstein zögernd entgegen und hielt ihn vor seine Augen. Das Licht brach sich sofort in Farben, die sich bewegten wie lebendige Wesen, und für einen Moment schien die Welt um ihn herum stillzustehen. Er fühlte ein leises Ziehen in seinem Innersten, und eine Erinnerung tauchte auf, die er lange zu verdrängen versucht hatte.

„Ich sehe etwas," sagte Tobias schließlich. „Es ist ... die Uni."

Sylvia sah ihn an, wartete still, bis er weitersprach.

„Da war dieser Typ, Leon," begann Tobias zögernd. „Er war immer so laut und nervig. Hat sich ständig vorgedrängt und hat sich über alles lustig gemacht. Besonders über mich, weil ich in Mathe nicht so gut war. Ich habe ihn gehasst, Sylvia." Seine Stimme wurde leiser, fast schmerzlich. „Aber jetzt ... jetzt sehe ich ihn anders. Der Edelstein zeigt mir etwas."

In der facettenreichen Welt des Edelsteins sah Tobias Leons Gesicht. Doch diesmal fiel ihm etwas auf, das er vorher nicht gesehen hatte: die Unsicherheit in Leons Augen, das Lachen, das zu laut war, zu erzwungen. Er sah die Momente, in denen Leon versuchte, die Aufmerksamkeit des Dozenten zu bekommen, und die ständige Ablehnung, die ihm entgegenschlug.

„Er hat sich so verhalten, weil er Angst hatte, übersehen zu werden," flüsterte Tobias. „Er wollte nicht, dass jemand merkt, dass er genauso unsicher ist wie alle anderen."

Sylvia legte eine Hand auf Tobias' Schulter. „Und was willst du jetzt tun?"

Tobias ließ den Edelstein sinken, sein Blick war klarer und ruhiger als zuvor. „Ich weiß nicht, ob ich es wiedergutmachen kann," sagte er ehrlich. „Aber ich kann anfangen, Menschen anders zu sehen – nicht nur das, was sie zeigen, sondern auch das, was sie zu verbergen versuchen."

Die Geschwister setzten sich auf die alte Bank vor dem Haus. Tobias hielt den Edelstein noch immer in der Hand, sein Licht tanzte sanft auf ihren Gesichtern. Beide waren in Gedanken versunken.

„Weißt du," sagte Sylvia schließlich, „es ist verrückt, wie sehr wir uns von dem blenden lassen, was direkt vor uns liegt. Dabei ist das Wichtigste oft das, was wir nicht sehen."

Tobias nickte. „Der Edelsteinblick … er zeigt uns nicht nur, was da ist. Er zeigt uns, was wir übersehen haben."

„Und vielleicht," fügte Sylvia hinzu, „ist das die größte Magie von allen – die Welt mit offenen Augen zu sehen. Nicht nur die äußere Welt, sondern auch die innere."

## Kapitel 26: Der Zauber des Alltags

Das Wochenende neigte sich dem Ende zu, und mit ihm verblasste die Wärme des Waldes, den Tobias und Sylvia hinter sich gelassen hatten. Die Stunden im elterlichen Haus vergingen wie im Flug, und bevor sie es richtig begriffen hatten, standen sie mit gepackten Taschen vor der Tür und verabschiedeten sich von ihrer Mutter, die ihnen fürsorglich ein letztes Mal über die Haare strich.

„Ihr Zwei wirkt verändert," sagte sie mit einem sanften Lächeln. „Aber ich kann nicht genau sagen, wie."

Sylvia erwiderte das Lächeln, während sie den Edelstein in ihrer Tasche spürte. „Vielleicht haben wir einfach gelernt, die Welt anders zu sehen," sagte sie, ohne genau zu erklären, was sie meinte.

Ihr Vater winkte ihnen nach, als sie die Straße hinunter gingen. Der Bus, der sie zurück in die Stadt bringen würde, wartete bereits. Sie stiegen ein, setzten sich nebeneinander und schwiegen eine Weile. Die vertraute Landschaft zog an ihnen vorbei, doch sie sahen sie mit neuen Augen – die sanften Hügel, die Felder, die untergehende Sonne. Alles schien lebendig, als ob die Magie des Waldes sie immer noch begleitete.

### Ein neuer Blick auf den Alltag

Am nächsten Morgen trennten sich ihre Wege, als sie wieder ihren gewohnten Alltag aufnahmen. Tobias, der das Lum sicher in seiner Tasche verwahrt hatte, ging zur Universität, wo ein voller Stundenplan auf ihn wartete. Sylvia machte sich auf den Weg zur Arbeit in einem kleinen Atelier, wo sie als Assistentin für eine lokale Künstlerin tätig war. Doch obwohl sie in ihre routinierten

Aufgaben zurückkehrten, war nichts mehr ganz so, wie es vorher gewesen war.

### Tobias und das Lum

Tobias' Tag begann mit einer schwierigen Vorlesung in Physik. Der Dozent sprach mit monotoner Stimme, und seine Kommilitonen schrieben hastig mit. Tobias spürte, wie ihn die übliche Nervosität überkam. Er hatte immer das Gefühl, mit den Anforderungen nicht Schritt halten zu können, und der Gedanke an die anstehende Prüfung ließ ihn unruhig werden. Doch dann legte er unauffällig eine Hand in seine Tasche und spürte das sanfte Pulsieren des Lums.

Es war, als ob der Kristall ihn beruhigte. Das Gefühl des warmen Lichts breitete sich in ihm aus, und mit ihm kam ein Gedanke, der sich anfühlte wie eine sanfte Stimme: *Du musst nicht alles auf einmal wissen. Vertraue darauf, dass du Schritt für Schritt lernen kannst.*

Tobias atmete tief durch. Zum ersten Mal seit Langem konnte er den Vortrag ohne Druck verfolgen. Er schrieb mit, nicht aus Angst, etwas zu verpassen, sondern aus Neugier auf das, was er lernen konnte. Am Ende der Vorlesung fühlte er sich klarer und ruhiger. Das Lum in seiner Tasche pulsierte sanft, als ob es wusste, dass es ihm geholfen hatte.

### Sylvia und der Edelsteinblick

Sylvia saß im Atelier und sortierte Farben für die Künstlerin, für die sie arbeitete. Sie liebte diesen Job, doch manchmal war sie unsicher, ob sie wirklich etwas beizutragen hatte. An diesem Tag arbeitete sie an einem Entwurf für eine Ausstellung, als ihre Chefin plötzlich stehen blieb und sie kritisch ansah.

„Das ist gut," sagte die Künstlerin schließlich, „aber es fehlt … Tiefe. Eine Perspektive, die die Menschen fühlen lässt, was du fühlst."

Sylvia fühlte, wie ihre Unsicherheit aufflammte. Doch dann fiel ihr der *Edelsteinblick* ein. Sie zog ihn aus ihrer Tasche heraus, hielt ihn in die Hand und ließ das Licht durch seine Facetten tanzen. Durch den Edelstein betrachtete sie ihren Entwurf – und zum ersten Mal erkannte sie, was er brauchte.

Es war nicht nur ein Bild, das sie schuf, sondern eine Geschichte. Eine Verbindung. Sie fügte kleine, aber bedeutende Details hinzu, die die Seele des Werks offenbarten – Farben, die Emotionen hervorriefen, Linien, die Geschichten erzählten. Als sie fertig war, betrachtete die Künstlerin den Entwurf mit einem neuen Ausdruck in den Augen.

„Das ist es," sagte sie leise. „Jetzt hat es Leben."

Sylvia spürte, wie eine Wärme in ihr aufstieg. Der Edelsteinblick hatte sie gelehrt, tiefer zu sehen – nicht nur in die Welt, sondern auch in sich selbst.

**Eine stille Verbindung**

Am Abend trafen Tobias und Sylvia in ihrer kleinen Wohnung wieder zusammen. Sie sprachen nicht sofort über ihren Tag, sondern genossen ein gemeinsames Abendessen, das sie zusammen zubereiteten. Doch während sie auf dem kleinen Balkon saßen, unter dem weiten Himmel der Stadt, tauschten sie schließlich ihre Erlebnisse aus.

„Das Lum hat mir geholfen," sagte Tobias. „Es ist, als ob es mir sagt, dass ich nicht alles auf einmal lösen muss. Dass ich mir Zeit nehmen darf."

Sylvia lächelte und hielt den Edelstein hoch, der das Mondlicht einfing. „Und der *Edelsteinblick* hat mir geholfen, in meinem Entwurf etwas zu sehen, das ich vorher nicht gesehen habe. Er zeigt mir, dass Magie nicht nur in den großen Dingen liegt – sondern in den Details."

Tobias nickte. „Vielleicht ist das die größte Lektion unserer Reise: dass die Magie nicht verschwunden ist. Sie ist überall, wenn wir sie sehen wollen."

Sylvia lehnte sich zurück und betrachtete die Sterne. „Vielleicht wird sie uns immer begleiten. Nicht nur durch das Lum und den Edelstein – sondern durch das, was wir gelernt haben."

Die Geschwister schwiegen, doch in der Stille lag keine Leere. Sie war gefüllt mit Dankbarkeit, mit Erinnerungen, und mit dem Wissen, dass die Magie von Chrysopasia ein Teil von ihnen geworden war – ein Teil, den sie mit jedem Tag ein wenig mehr in die Welt hinaustragen konnten.

## Kapitel 27: Ein Funke im Mondlicht

Die Nacht hatte den Balkon der Geschwister in ein sanftes, silbernes Licht gehüllt. Die Sterne funkelten wie winzige Leuchtfeuer, und der Mond stand groß und klar am Himmel. Sylvia und Tobias saßen nebeneinander, den Blick in die Ferne gerichtet, jeder in Gedanken versunken. Zwischen ihnen lagen das Lum und der gewonnene *Edelsteinblick* durch den Edelstein, ihre vertrauten Begleiter auf dieser Reise, die mehr in ihnen verändert hatte, als sie zu Beginn geahnt hatten.

Sylvia strich sanft über die Feder der Erkenntnis, die hinter ihrem Ohr steckte. Im Licht des Mondes begann die Feder plötzlich stärker zu schimmern, ihr zarter Perlmuttglanz wurde lebendiger, als ob sie auf die Gedanken der Geschwister reagierte. Tobias bemerkte es und zeigte darauf.

„Sylvia," sagte er leise, „schau dir die Feder an. Sie scheint ... zu leuchten."

Sylvia nahm die Feder vorsichtig in die Hand und betrachtete sie. Das Licht, das von ihr ausging, schien nicht nur schön, sondern bedeutungsvoll. Es war, als ob die Feder etwas sagen wollte, als ob sie sie dazu aufforderte, tiefer nachzudenken.

„Vielleicht ..." begann Sylvia zögernd, „vielleicht bedeutet es, dass es noch mehr zu tun gibt. Dass unsere Reise noch nicht zu Ende ist."

Tobias lehnte sich zurück und betrachtete die funkelnden Sterne. „Wir haben so viel gelernt," sagte er nachdenklich. „Den Edelsteinblick, das Lum, die Feder – sie haben uns gezeigt, dass Magie überall ist, wenn wir nur genau hinsehen. Aber was bringt es, wenn wir dieses Wissen nur für uns behalten?"

Sylvia nickte langsam. „Wir könnten anderen helfen, die Welt mit neuen Augen zu sehen. Ihnen zeigen, dass selbst die kleinsten Dinge voller Magie und Bedeutung sein können.

## Eine Idee erwacht

Während sie sprachen, sprühten die ersten Ideen wie Funken aus einem Feuer. Tobias schlug vor, dass sie Workshops in ihrer Stadt anbieten könnten – kleine Zusammenkünfte, in denen Menschen lernen könnten, bewusster wahrzunehmen. Sylvia, begeistert von der Idee, dachte sofort an kreative Projekte, in denen die Teilnehmer Farben, Formen und Geschichten nutzen könnten, um ihre eigene Sichtweise auf die Welt zu erweitern.

„Wir könnten auch etwas Einfaches tun," sagte Sylvia, ihre Augen leuchteten vor Begeisterung. „Vielleicht schreiben wir kurze Texte oder Geschichten, die Menschen zum Nachdenken bringen. Kleine Botschaften, die sie daran erinnern, dass sie nie wirklich allein sind."

Tobias überlegte kurz und lächelte. „Oder wir könnten etwas mit Licht machen – Installationen, die Menschen daran erinnern, dass selbst in der Dunkelheit Schönheit zu finden ist. So wie das Lum uns gezeigt hat."

Die Feder in Sylvias Hand leuchtete erneut auf, und sie fühlte einen warmen Strom durch sich fließen. Es war, als ob die Feder ihre Gedanken bestätigte – als ob sie sagte: *Ihr seid auf dem richtigen Weg.*

„Das ist es," sagte Sylvia entschlossen. „Wir teilen, was wir gelernt haben. Wir zeigen den Menschen, dass Magie nicht nur etwas ist, das man sucht – sondern etwas, das man in sich trägt.

## Der Beginn einer Bewegung

Die beiden saßen noch lange zusammen und schmiedeten Pläne. Sie sprachen darüber, wie sie die Welt erreichen konnten, ohne dabei belehrend zu wirken. Sie wollten keine Lehrer sein, sondern Begleiter – Menschen, die andere dazu inspirieren, ihre eigene Magie zu entdecken.

Sylvia dachte an Minerva, die Eule und ihre Worte über Erkenntnis. „Vielleicht ist es das, was die Feder uns zeigen will," sagte sie leise. „Dass Erkenntnis nicht bedeutet, alle Antworten zu haben. Sondern, dass man die richtigen Fragen stellt und andere dazu ermutigt, das Gleiche zu tun."

Tobias nickte. „Die Zeit, die wir in Chrysopasia verbracht haben, war wie ein Geschenk. Aber Geschenke sind dazu da, geteilt zu werden."

**Ein neues Kapitel**

Als die ersten Strahlen der Morgensonne den Himmel erhellten, war der Balkon in ein goldenes Licht getaucht. Die Feder, das Lum und der Edelstein lagen vor den Geschwistern auf dem kleinen Tisch, und sie sahen sie mit einer neuen Klarheit an. Diese Gegenstände waren nicht nur Erinnerungen – sie waren Werkzeuge. Werkzeuge, mit denen sie die Welt um sie herum ein wenig heller machen konnten.

„Das ist der Anfang," sagte Sylvia mit einem Lächeln. „Wir haben keine Ahnung, wohin es uns führen wird, aber das spielt keine Rolle. Wichtig ist nur, dass wir anfangen."

Tobias griff nach dem Lum und spürte, wie das warme Licht des Kristalls seine Hand durchströmte. „Das tun wir," sagte er bestimmt. „Zusammen."

Sie verließen den Balkon mit einem Gefühl von Vorfreude und Eigenmotivation, das stärker war als alles, was sie bisher gekannt hatten. Es war nicht das Ende ihrer Reise, sondern der Beginn von etwas Neuem – einer Bewegung, die nicht durch große Taten, sondern durch kleine, bewusste Handlungen die Welt um sie herum verändern würde.

## Kapitel 28: Ein Licht, das verbindet

Die kleinen Lampen, die Tobias anfing zu kreieren, waren mehr als nur Lichtquellen – sie waren Kunstwerke, die einen Hauch von Magie in jeden Raum brachten, den sie erhellten. Die sanften Lichtkugeln, von schwebenden Formen und elfenhaften Farben durchzogen, schienen Geschichten zu erzählen. Tobias hatte die Inspiration dafür aus seiner Zeit in Chrysopasia gewonnen, und das Lum, das immer noch in seiner Nähe war, schien ihn bei jeder neuen Kreation zu leiten.

Mit jeder Lampe, die er herstellte, schien das Licht des Lums in die Welt hinauszugehen, Menschen zu erreichen und ihre Räume mit Wärme und einer Spur von Zauber zu erfüllen. Die Lampen fanden schnell ihren Weg zu Kunstmärkten und kleinen Geschäften, und Tobias bemerkte bald, dass seine Kreationen ein immer breiteres Publikum anzogen.

### Ein besonderer Tag

Eines frühen Frühlingsmorgens stellte Tobias auf einem Kunstmarkt in der Stadt einen neuen Stand auf. Es war ein lebhafter Tag, die Luft war erfüllt von Gesprächen, Musik und dem Duft von frisch gebackenem Brot, das von einem nahegelegenen Stand herüberwehte. Tobias hatte seine Lampen mit besonderer Sorgfalt arrangiert – jede von ihnen schien in der Morgensonne zu schimmern, als ob sie ein eigenes Leben besäße.

Eine Frau blieb stehen. Sie hatte rötliches, von der Sonne geküsstes Haar, und ihre grünen Augen schimmerten wie ein stiller Wald. Tobias bemerkte sie sofort, denn sie blieb nicht einfach nur stehen, um die Lampen zu betrachten. Sie trat näher, beugte sich leicht vor, als ob sie das Licht der Lampen wirklich fühlen wollte.

„Die sind wunderschön," sagte sie, ihre Stimme war weich, aber voller Neugier. „Wie schaffen Sie es, dass sie so lebendig wirken?"

Tobias lächelte leicht verlegen. „Ich … ich lasse mich vom Licht inspirieren," sagte er zögernd. Doch er spürte, dass diese Antwort nicht ausreichen würde. Irgendetwas in ihrem Blick verlangte nach mehr.

Die Frau betrachtete ihn aufmerksam, ihre Neugier unübersehbar. „Licht? Das klingt schön. Aber woher kommt diese Inspiration? Es muss etwas Besonderes dahinterstecken. Ich habe noch nie Lampen gesehen, die so wirken, als könnten sie Geschichten erzählen."

Tobias hielt inne. Es war selten, dass jemand die Magie hinter seinen Lampen so direkt spürte. Doch in diesem Moment wusste er, dass er ihr vertrauen konnte. „Es gibt etwas," begann er vorsichtig. „Etwas, das ich mit mir trage – etwas, das mich immer daran erinnert, wie viel Magie in der Welt steckt."

Er griff in seine Tasche und zog das Lum hervor. Das Feenlicht pulsierte sanft, und die Frau atmete überrascht ein. „Das … ist wunderschön," sagte sie, fast ehrfürchtig. „Was ist das?"

Tobias erzählte ihr, wie das Lum ihn auf seiner Reise begleitet hatte, wie es ihm geholfen hatte, die Dunkelheit zu durchdringen und das Licht in sich selbst zu finden. Er sprach von den Nächten in Chrysopasia, von den Prüfungen und von der Erkenntnis, dass Magie in den kleinen Dingen lebte.

Die Frau, die sich als Alexandra vorstellte, lauschte mit leuchtenden Augen. „Das ist unglaublich," sagte sie schließlich.

„Und irgendwie fühlt es sich … vertraut an. Als ob ich diese Geschichte immer gekannt hätte, ohne zu wissen, warum."

### Ein Licht, das Liebe entfacht

Alexandra kaufte an diesem Tag eine Lampe, doch es war nicht nur die Lampe, die sie mitnahm – es war auch die Verbindung zu Tobias. Sie kamen ins Gespräch, tauschten Telefonnummern aus, und in den folgenden Wochen trafen sie sich immer wieder. Tobias fand in Alexandra jemanden, der nicht nur seine Geschichten verstand, sondern auch die Magie dahinter spürte. Sie war neugierig, klug und hatte eine Wärme in sich, die ihn an das Licht des Lums erinnerte.

Eines Abends, als sie gemeinsam unter dem Sternenhimmel saßen, hielt Tobias das Lum in seinen Händen und zeigte es ihr erneut. „Ich möchte das mit dir teilen," sagte er leise. „Ich habe das Gefühl, dass du es genauso fühlen kannst wie ich."

Alexandra nahm das wertvolle Feenlicht vorsichtig entgegen. Das Licht des Lums schien sich in ihren Händen zu verändern – es wurde weicher, wärmer, fast wie eine Umarmung. Sie sah Tobias an, und in ihren Augen lag ein stilles Versprechen. „Vielleicht können wir es gemeinsam bewahren," sagte sie. „Und vielleicht können wir dieses Licht noch weiter in die Welt tragen."

### Eine wachsende Familie

Jahre später hatte das Lum seinen Platz in ihrem gemeinsamen Zuhause gefunden – ein leuchtendes Feenlicht, das die Geschichte ihrer Verbindung erzählte. Tobias und Alexandra bekamen drei wundervolle Töchter: Amadea, die älteste, deren Name „von Gott geliebt" bedeutete, Davia, „die Geliebte", und Livana, deren

Name „Mondlicht" bedeutete und die mit ihrer gemeinsamen Lebensfreude das Licht des Lums widerspiegelten.

Die Mädchen liebten die Geschichten, die Tobias und Alexandra ihnen erzählten – Geschichten von Chrysopasia, vom Licht und von der Magie, die in den kleinsten Dingen lebte. Am Abend saßen sie oft zusammen, die Lampen, die immer noch von Tobias` Hand gefertigt wurden, tauchten das Zimmer in ein sanftes, lebendiges Licht.

„Papa," fragte Amadea eines Abends, „denkst du, dass wir auch irgendwann so eine Reise machen können wie du?"

Tobias lächelte und legte eine Hand auf das Lum, das in der Mitte des Tisches lag. „Ihr seid schon auf eurer eigenen Reise," sagte er. „Ihr tragt das Licht in euch – und es wird euch führen, wohin ihr auch geht."

Alexandra sah Tobias an und spürte die Wahrheit in seinen Worten. Die Familie war ein Teil des Zaubers geworden, den das Lum und Chrysopasia einst entfacht hatten. Und so wuchs das Licht, das Tobias und Alexandra in die Welt getragen hatten, mit jeder Lampe, mit jeder Geschichte und mit jeder neuen Generation.

## Kapitel 29: Ein Geschenk an die Welt

Sylvia saß an ihrem Schreibtisch, der vom warmen Licht einer kleinen Lampe erhellt wurde, die Tobias ihr vor Jahren geschenkt hatte. Vor ihr lagen verstreute Seiten voller handschriftlicher Notizen und Zeichnungen. Der Edelstein lag wie ein stummer

Zeuge neben ihrem Notizbuch, seine facettierten Regenbogenfarben schimmerten im schwachen Licht.

Ihre Gedanken wirbelten wie die tanzenden Farben des Steins. Es war eine Idee, die sie seit Monaten nicht losgelassen hatte: die Magie ihrer Reise mit der Welt zu teilen. Doch wie sollte sie das tun? Ihre Erlebnisse waren so tief, so voller Bedeutung – und doch so schwer in Worte zu fassen. Sie wollte das, was sie gesehen, gefühlt und gelernt hatte, anderen zugänglich machen. Aber wie erreicht man Menschen, die die Magie in ihrem Alltag nicht mehr sehen?

**Die Geschichte für die jungen Leser**

Zuerst dachte Sylvia an die jüngeren Leser. Sie erinnerte sich daran, wie lebendig und wirklich die Fabelwesen für sie während ihrer Reise gewesen waren. Lumira, die Sternenfee, die mit ihrem Glanz das Dunkel durchbrach; Tempus, der Zeithase, mit seinem schelmischen Lächeln und seiner tiefgründigen Weisheit; und Nox, der Kobold, dessen leuchtende Augen die Geheimnisse der Nacht widerspiegelten.

„Für Kinder," murmelte Sylvia und schrieb es auf eine ihrer Notizen, „muss die Magie echt bleiben. Sie müssen Lumira und Airi als die funkelnden Feen sehen, die sie sind, und Tempus als den klugen Hasen, der durch die Zeit springt."

Ihre Geschichte nahm schnell Form an. Sie begann mit den Abenteuern zweier Geschwister, die durch ein Portal in den magischen Wald gelangten, begleitet von fantastischen Wesen, die ihnen auf ihrer Reise geholfen haben. Sylvia schrieb lebendig und poetisch, füllte die Seiten mit der Farbenpracht der Astralebene und den Prüfungen, die sie dort durchlebt hatten. Sie wollte die jungen Leser in eine Welt entführen, in der sie wieder träumen konnten – eine Welt, die sie ermutigte, an das Wunderbare zu glauben.

### Die Geschichte für die Erwachsenen

Doch was war mit den Erwachsenen? Sylvia lehnte sich zurück und dachte an die Leser, die skeptisch waren, die Magie als etwas Kindisches abtaten. Viele Menschen hatten den Kontakt zu ihrem inneren Kind verloren, und mit ihm die Fähigkeit, das Mystische in der Welt zu erkennen. Sylvia wusste, dass ein Buch über Fabelwesen für solche Leser oft zu schnell als albern abgetan wurde.

Sie griff erneut nach ihrem Notizbuch und begann, über die Fabelwesen nachzudenken – nicht als Figuren, sondern als Archetypen, die tiefere Wahrheiten verkörperten.

## Archetypen statt Märchenfiguren

Sylvia schrieb:

1. **Tempus, der Zeithase**
   Nicht nur ein Hase, sondern ein Hüter der Zeit. Er symbolisiert das Gleichgewicht zwischen Vergangenheit, Gegenwart und Zukunft und erinnert die Leser daran, wie sehr unsere Entscheidungen in jedem Moment das Gewebe der Zeit beeinflussen. Tempus zeigt, dass die Zeit kein Feind ist, sondern ein Lehrer – geduldig und weise.

2. **Airi, die Waldfee**
   Airi wird zur Verkörperung des Waldes und des kosmischen Gleichgewichts. Sie symbolisiert die

Verbindung von Mensch und Natur, von Sternenstaub und Wurzeln. Sie zeigt, dass Balance nicht das Fehlen von Konflikten bedeutet, sondern das Finden von Harmonie – sowohl in der Natur als auch im eigenen Inneren.

3. **Lumira, die Sternenfee**
   Lumira repräsentiert die Hoffnung und das Licht, das den Weg durch die Dunkelheit weist. Sie ist der Archetyp des inneren Leuchtens, das in jedem Menschen verborgen ist. Ihre Aufgabe ist es, daran zu erinnern, dass das Licht nie wirklich erlischt – es wartet nur darauf, neu entfacht zu werden.

4. **Nox, der Kobold**
   Nox ist der Hüter der Dunkelheit – nicht der Finsternis, sondern der Schattenseite des Lebens, die wir oft verleugnen. Er fordert die Leser heraus, ihre Ängste anzunehmen und in ihnen die Kraft zu finden, weiterzugehen. Nox zeigt, dass die Schatten genauso zur Wahrheit gehören wie das Licht.

5. **Minerva, die Eule**
   Minerva wird zum Archetyp der Weisheit und der Klarheit. Sie lehrt, dass Erkenntnis nicht nur im Wissen liegt, sondern in der Fähigkeit, innezuhalten und die Dinge aus einer anderen Perspektive zu betrachten. Ihre Feder der Erkenntnis ist ein Symbol für die tieferen Wahrheiten, die durch Geduld und Einsicht offenbart werden.

6. **Nyxian, der Wächterfuchs**
   Nyxian ist der Wächter der Übergänge – ein Begleiter, der an den Schwellen zwischen den Welten wacht. Er

repräsentiert Intuition und Schutz, aber auch die Fähigkeit, mit dem Unbekannten zu tanzen. Er fordert dazu auf, Vertrauen in den eigenen Weg zu haben, selbst wenn der nächste Schritt noch im Dunkeln liegt.

## Eine Geschichte, zwei Wege

Sylvia hatte eine Vision: Das Buch würde zwei Lesarten bieten. Für diejenigen, die sich die Magie bewahrt hatten, würden Airi, Tempus und die anderen als fabelhafte Begleiter lebendig werden. Für diejenigen, die eine rationalere Herangehensweise bevorzugten, könnten die Fabelwesen als Archetypen gelesen werden – als Allegorien für universelle Wahrheiten.

Der Clou war, dass beide Perspektiven aufeinander zuliefen. Egal, ob der Leser die Geschichte durch die Augen eines Kindes oder eines Erwachsenen betrachtete, er würde sich verändert fühlen. Mit jeder Seite würden die Leser spüren, wie sie selbst den *Edelsteinblick* gewannen – die Fähigkeit, die Welt mit neuen Augen zu sehen.

Sylvia betrachtete ihre fertigen Notizen und fühlte, wie ein warmes Licht in ihr aufstieg. Sie wusste, dass dieses Buch nicht nur eine Geschichte war – es war ein Geschenk. Ein Geschenk an die Welt, die so dringend daran erinnert werden musste, dass Magie nicht nur in Märchen lebte, sondern in jedem Moment des Lebens.

Draußen war der Mond aufgegangen, und sein Licht fiel direkt auf die Feder der Erkenntnis, die auf dem Schreibtisch lag. Sie schimmerte in zarten Perlmuttfarben, als ob sie Sylvias Gedanken bestätigte.

„Vielleicht," flüsterte Sylvia, während sie eine Hand auf den Edelstein legte, „ist das unsere Aufgabe: die Magie nicht nur zu bewahren, sondern sie zu teilen."

### Ein offenes Ende

Als sie das Manuskript abschloss, spürte Sylvia, dass ihre Reise noch lange nicht zu Ende war. Dieses Buch war nur der Anfang – ein erster Schritt, um die Magie, die sie erlebt hatte, in die Welt hinauszutragen. Sie wusste, dass es noch viel mehr Geschichten zu erzählen gab, dass Chrysopasia und seine Geheimnisse immer ein Teil von ihr bleiben würden.

Und irgendwo, tief in ihrem Innersten, wusste sie auch, dass Chrysopasia sie eines Tages wieder rufen würde. Denn Magie, so hatte sie gelernt, war nie wirklich abgeschlossen – sie war kein Kreislauf, sondern ein lebendiger Pfad – offen, atmend, wachsend.

## Kapitel 30: Die Magie der Namen

Der Mond stand hoch am Himmel und tauchte die Landschaft in ein silbernes Licht, das alles geheimnisvoll und lebendig erscheinen ließ. Sylvia saß an ihrem Schreibtisch, der von dem weichen Glanz der Lampe erleuchtet wurde, die Tobias ihr vor Jahren geschenkt hatte. Vor ihr lag der Edelstein, der die zarten Regenbogenfarben des Mondlichts einfing und mit ihnen spielte. Sie beobachtete die tanzenden Farben, die wie lebendige Flammen über die Facetten glitten, und ihre Gedanken schweiften ab.

„Warum ausgerechnet wir?" murmelte sie leise vor sich hin. Die Frage war ihr seit ihrer Rückkehr immer wieder durch den Kopf gegangen. Warum waren sie die Auserwählten, Chrysopasia zu betreten, die Prüfungen zu durchlaufen und schließlich mit dem Edelsteinblick und dem Lum zurückzukehren? War es ein Zufall? Oder lag die Antwort irgendwo tiefer verborgen?

Sie griff nach einem Blatt Papier und schrieb ihren Namen darauf: *Sylvia*. Die Buchstaben wirkten so vertraut, und doch hatte sie nie darüber nachgedacht, was sie wirklich bedeuteten.

Mit einem leisen Klicken öffnete sie ihr Notizbuch und begann zu suchen. Als sie die Bedeutung ihres Namens entdeckte, hielt sie inne, ihre Augen wurden groß.

## Sylvia

Aus dem Lateinischen „silva", was „Wald" oder „die Frau des Waldes" bedeutet.

Doch das war nur der Anfang. Als Sylvia tiefer in die magische Bedeutung eintauchte, stieß sie auf eine erstaunliche Interpretation:

*Sylvia, Königin des Waldes, verkörpert die Weisheit der Natur und die Verbindung zwischen den sichtbaren und unsichtbaren Welten. Sie ist eine Hüterin des Gleichgewichts, eine Mittlerin zwischen den Dimensionen. Ihr Name steht für Intuition, Heilung und die Fähigkeit, Harmonie zu schaffen.*

Sylvia legte das Papier nieder, und ein warmes Lächeln breitete sich auf ihrem Gesicht aus. „Königin des Waldes," flüsterte sie. Es war, als hätte der Name sie ihr ganzes Leben lang auf diese Reise vorbereitet. Jede Begegnung in Chrysopasia, jedes Rätsel und jede Prüfung hatten sie zu dem gemacht, was sie nun war.

Von einem plötzlichen Drang erfüllt, ihre Entdeckung zu teilen, griff Sylvia zum Telefon. Sie wählte Tobias' Nummer und wartete ungeduldig, bis er abhob.

„Sylvia?" kam seine vertraute Stimme. „Alles in Ordnung?"

„Ja, ja," antwortete sie schnell. „Ich habe gerade über unseren Namen nachgedacht. Tobias, hast du dich jemals gefragt, was dein Name bedeutet?"

Am anderen Ende der Leitung wurde es kurz still. „Ehrlich gesagt, nein," gab Tobias zu. „Aber jetzt hast du mich neugierig gemacht."

„Dann lass uns zusammen nachschauen!" Sylvia hörte, wie Tobias in seinem Bücherregal suchte, während sie die Informationen vorlas.

## Tobias

Aus dem Hebräischen „Tovija", was „Gott ist gut" oder „die Güte Gottes" bedeutet.

„Das klingt schön," sagte Tobias, doch Sylvia unterbrach ihn mit einem Lächeln in der Stimme. „Warte, da ist noch mehr. Hör zu:

*Tobias steht für Licht und Hoffnung in dunklen Zeiten. Er symbolisiert Schutz, Güte und den Glauben daran, dass das Gute immer über das Dunkle triumphiert. Sein Name erinnert daran, dass jeder, der Licht in sich trägt, die Fähigkeit hat, es mit anderen zu teilen und sie zu stärken.*

Für einen Moment blieb es still, und Sylvia konnte spüren, wie Tobias die Worte verarbeitete. Schließlich sagte er: „Vielleicht ist das meine Aufgabe – das Licht zu tragen und weiterzugeben. Nicht nur für mich, sondern für andere. Das macht irgendwie Sinn, oder?"

„Es macht mehr als nur Sinn," erwiderte Sylvia. „Es zeigt, dass wir nicht zufällig ausgewählt wurden. Unsere Namen waren schon immer ein Teil dessen, was wir sind."

Die Geschwister sprachen noch lange über die Bedeutung ihrer Namen und die magische Verbindung, die sie zur Reise in Chrysopasia hatten. Am Ende des Gesprächs sagte Tobias leise:
„Weißt du, vielleicht sollte jeder einmal nachschauen, was sein

Name bedeutet. Es könnte ein Schlüssel sein – ein Weg, sich selbst besser zu verstehen."

Sylvia lächelte. „Ich glaube, das werde ich in mein Buch schreiben. Jeder sollte die Magie seines eigenen Namens entdecken."

**Ein Impuls für den Leser**

Sylvia ließ am Ende ihres Buches eine besondere Seite frei – eine Einladung, sich selbst zu entdecken:

**Die Magie deines Namens entdecken**

Dein Name ist mehr als ein Wort. Er trägt eine Bedeutung, eine Geschichte und vielleicht auch Hinweise auf deine eigene Bestimmung. Was bedeutet dein Name? Was erzählt er dir über dich?

Darunter ließ sie Platz frei:

**Mein Name bedeutet:**

_____

_____

_____

_____

_____

_____

_____

_____

_____

_____

_____

_____

_____

_____

_____

**Was meine Namensbedeutung für mich bedeutet:**

*Die Reise zum Edelsteinblick endet hier nicht – sie beginnt genau jetzt. Schreibe deine Erkenntnisse auf und entdecke die Magie, die tief in dir verborgen liegt.*

Die Magie der Namen war für Sylvia und Tobias mehr als nur eine Entdeckung. Sie war eine Brücke zwischen dem, was sie erlebt hatten, und dem, was sie mit der Welt teilen wollten. Denn Magie, so erkannten sie, lebte nicht nur in fernen Wäldern oder funkelnden Kristallen – sie lebte in jedem von uns.

Die Nacht legte sich wie ein schützender Mantel über die Welt, und das Mondlicht schimmerte auf den verbliebenen Spuren des Tages. Sylvia hielt den Edelstein in der Hand, während Tobias das leise Glühen des Lum betrachtete. Beide wussten, dass ihre Reise nicht wirklich zu Ende war.

*„Vielleicht," dachte Sylvia, „ist das Ende einer Geschichte immer nur der Anfang einer neuen."*

Die Welt war noch voller unentdeckter Pfade, voller Geheimnisse und Wunder, die nur darauf warteten, dass jemand den Mut fand, sie zu betreten.

Vielleicht, lieber Leser, bist du derjenige, der den nächsten Schritt wagt. Denn die Magie von Chrysopasia lebt weiter – in jedem von uns, in jeder Entscheidung und auf jeder Suche nach etwas, das größer ist als wir selbst.

**Und wer weiß? Die nächste Geschichte könnte bereits beginnen ... mit dir.**

## Über die Autorin

Sylvia Geiselhart (*1975) hat sich nie darauf verlassen, Titel oder äußere Anerkennung zu benötigen, um ihre Gedanken in die Welt zu tragen. Stattdessen folgt sie ihrem inneren Ruf, die Welt durch neue Perspektiven und unerwartete Blickwinkel zu betrachten.

Inspiriert von ihrer tiefen Verbindung zu Spiritualität und den universellen Fragen des Lebens, lädt sie ihre Leser mit der Metapher des *Edelsteinblicks* dazu ein, die Dinge aus einem facettenreichen Licht zu betrachten. Denn so wie ein Edelstein seine wahre Schönheit erst zeigt, wenn das Licht auf ihn trifft, entfaltet auch das Leben seinen Sinn, wenn wir uns trauen, die verschiedenen Facetten zu ergründen.

Mit ihren Büchern möchte sie Menschen dazu ermutigen, nicht nur Antworten zu suchen, sondern die Fragen zu finden, die unsere innere Welt erhellen – und sie daran erinnern, dass die Magie nicht nur in fernen Welten existiert, sondern vor allem in uns selbst.

## „Wusstest du schon?"

„Die magische Reise des *Edelsteinblicks* gibt es auch als bezaubernde Kinderversion! Diese Fassung ist speziell für jüngere Leser geschrieben und lässt Kinder spielerisch in die zauberhafte Welt der Edelsteine eintauchen. Sie erzählt die Geschichte voller Fantasie und Abenteuer, perfekt für kleine Träumer.

Doch das ist noch nicht alles: Indem du den *Edelsteinblick* weiterempfiehlst oder verschenkst, schenkst du nicht nur ein Buch, sondern einen Funken Magie, der von Herzen zu Herzen wandert. Gemeinsam wird die Magie der Geschichte weitergetragen und inspiriert Groß und Klein."

## Epilog – Der letzte Schleier

Manche Dinge verändern sich nicht – sie erinnern sich. Und manches, das anders erscheint, ist in Wahrheit nur näher an dem, was es schon immer war.

So endet diese Geschichte nicht mit einem Schlusswort, sondern mit einer Offenbarung. Ein leiser Wandel, der nicht entschieden, sondern gefunden wurde. Denn Worte haben Gewicht. Und Namen tragen Klang. Und manchmal ruft ein Wesen aus der Tiefe einen neuen Namen in die Welt – einen, der klarer klingt, weiterträgt, und frei von Besitz ist. Was du nun liest, ist kein Anhang. Es ist ein Neubeginn im Nachklang. Ein Geschenk der Wandlung. Eine Antwort auf das, was ungesagt blieb.

### Die Offenbarung von Chrysopasia

Am Ende des Pfades, wo Worte sich zu Licht verweben und Stille den letzten Schleier lüftet, steht ein Name, den niemand kennt – bis er ihn in sich selbst erkennt.

Sie nannten diesen Ort einst anders – ein Ort der Spiegel, der Träume, der verborgenen Tiefe. Doch Namen tragen Gewichte. Und manchmal, wenn ein Wort zu oft ausgesprochen wird, verliert es seinen wahren Klang. So legte sich eines Tages ein Schatten über diesen Namen – nicht laut, nicht feindlich, sondern schlicht beanspruchend. Eine Grenze entstand, wo zuvor Weite lebte. Ein Zaun aus Anspruch, wo einst ein Wald sich verschenkte. Und so lauschte die Seele des Waldes. Und sie antwortete nicht mit Widerstand, sondern mit Wandlung. Denn das ist ihre Natur: Wandel, Herz und Wiedergeburt.

Ein neuer Name wurde geboren – nicht erfunden, sondern empfangen. Ein Name, der tiefer wurzelt als jedes Zeichen auf Papier:

**Chrysopasia.**

*Chryso* – das Goldene, Lichtvolle, Herzgeborene.
*Pasia* – der Schritt, der Pfad, die Bewegung aus alten Sprachen, aus vergessenen Mündern.

**Chrysopasia** ist nicht nur ein Ort.
Sie ist ein Wesen.
Ein Ruf.
Ein inneres Gehen.
Ein goldener Wandel.

Sie ist das Echo des Chrysopras – ein Edelstein, geboren aus dem Innersten der Erde, gehüllt in das Grün des Herzens, leuchtend gegen die Nebel des Neides, schützend gegen den Atem dunkler Magie. Wer sich ihr nähert, darf nicht nur sehen. Er muss bereit sein, zu gehen. Denn Chrysopasia zeigt sich nur jenen, die bereit sind, durch ihre eigenen Schatten zu tanzen – hin zu jenem Licht, das niemand nehmen kann. Denn Magie, so hatte sie gelernt, war kein geschlossener Kreislauf, sondern ein lebendiger Pfad – ein ewiges Werden, das sich weiter und weiter entfaltete.

So ist diese Umbenennung kein Rückzug.
Es ist ein Schritt.
Ein Schritt in etwas Höheres.
Ein Schritt in Wahrheit.
Ein goldener Pfad – geboren aus dem, was einst war, und jetzt durch uns weitergeht.

**Und wer genau hinsieht, erkennt:**
Nicht wir haben den Namen geändert.
Die Seele des Waldes hat sich selbst einen neuen gegeben.

Chrysopasia lebt – und sie ruft dich.

Und so wird aus einem Namen ein Weg –
und aus einem Weg ein innerer Ruf.

## Wenn Worte weiterwirken dürfen…

Vielleicht hat dich dieses Buch an etwas erinnert.
Etwas, das schon lange in dir geschlummert hat.
Ein Gefühl, ein Licht, ein leiser Ruf.

Wenn du das Licht von *Chrysopasia* und den *EdelstEinblick*
weitertragen möchtest,
dann hinterlasse gern ein paar Worte –
als kleine Spur auf dem Pfad,
damit auch andere den Weg finden.

Eine Bewertung hilft mehr, als du ahnst.
Denn Geschichten leben nicht nur vom Erzählen –
sondern vom Widerhall in jenen, die sie lesen.

**Danke, dass du ihr begegnet bist.**